D1995334

Jimmy's
{Altstadt Café}
N°11
HAUS
GEMACHTER
OSTFRIESEN
EISTEE
MIT
BÜNTING TEE
HAPPY
HOURS
FLASCHE
WEIN,
UND DIP

Impressum:

Autor: Siegfried Klock
sielok@web.de

Bildrechte: Alle Bildrechte dieses Buches
liegen beim Autor

Zeichnungen: Stefan Bents und Victor Stanley

Fotos: Sonja Oltmanns
Sabrina Nikolic

Satz und Gestaltung:
Reepsholter Verlag
Henning H. Hinrichs
Langstraßer Weg 8
26 446 Reepsholt
reepsholterverlag@web.de
1. Auflage 2024

Lektorat: Sabine Ehrenberg

Verlag: BoD · Books on Demand GmbH,
In de Tarpen 42, 22848 Norderstedt
Druck: Libri Plureos GmbH, Friedensallee 273,
22763 Hamburg

ISBN: 978-3-7693-0188-5

Siegfried Klock

Altstadtkrimi Leer

Das Geheimnis der ostfriesischen Knüppeltorte

Inhalt

Vorwort

Liebe Freunde der Ostfrieslandkrimis!

Nach meiner Upstalsboom-Krimitrilogie über die Machenschaften des Terroristen Torre Breedenbeek, beginnt mit diesem ersten Krimi aus der schönen Altstadt Leer, ein neues Arbeitsumfeld für meinen Hauptkommissar Okko Bruns und sein Team eine neue Ära.

Bruns wurde im letzten Teil der Upstalsboom-Trilogie von Aurich nach Leer versetzt, mit ihm seine beiden Assistenten Lana Booken und Lennert Jakobs.

Damit möchte ich den Leser in unserem wunderschönen Ostfriesland auch jedes Mal ein kleines bissel auf Reisen schicken, um unsere Heimat kennenzulernen.

Ich freue mich nun, mit dieser neuen Krimiserie „Altstadtkrimi Leer", spannende aber auch historisch angehauchte, abgeschlossene Geschichten zu erzählen. Ein kleines Stück Historie wird immer enthalten sein, genau wie auch authentische Gebäude oder Plätze.

Auch im ersten Fall in Leer kommt Bruns wieder an seine menschlichen Grenzen, aber seine jahrelange Routine als Hauptkommissar und sein kriminalistisches Fingerspitzengefühl, werden ihm am Ende wieder eine große Hilfe sein. Namensähnlichkeiten mit realen Personen sind unbeabsichtigt und die fiktiven Geschehnisse stehen in

keinem Zusammenhang mit realen Personen der Stadt Leer oder dem Landkreis Leer. Sie sind frei erfunden, es sei denn, ich habe eine ausdrückliche Genehmigung für bestimmte Inhalte bekommen.
Mein ganz persönliches Anliegen ist die Erwähnung der ostfriesischen Knüppeltorte in diesem Krimi. Ich habe sie aus einem ganz einfachen Grund thematisiert. Sie ist in Ostfriesland ein bissel in Vergessenheit geraten und wurde irgendwann durch die beliebte Ostfriesentorte mit Branntweinrosinen abgelöst. Die ostfriesische Knüppeltorte ist aber historisch gesehen viel bedeutender und länger in der Geschichte der Ostfriesen verankert. Schon im Mittelalter wurde sie hier in gutsituierten Familien als besondere Süßspeise serviert. Meine persönliche Hoffnung liegt nun darin, den/die ein oder andere Leser/in für diese Torte zu begeistern, um damit ein kleines Stück Geschichte Ostfrieslands wieder neu zu beleben, welches leider über die Zeit in Vergessenheit geriet.
Als freidenkender Autor erlaube ich mir in meinen Romanen auch kritische Denkanstöße zu aktuellen Themen aus Ostfriesland und der Stadt Leer, die ich mittlerweile ein bissel besser kennengelernt habe. Am Ende ist und bleibt es aber ein fiktiver Krimi, mit realen Orten und historischen Informationen, der spannend unterhalten soll und den Beginn einer neuen Krimiserie aus der Altstadt Leer bildet.

Euch allen nun ganz viel Spaß beim Lesen des ersten Altstadtkrimi Leer mit dem Titel:
Das Geheimnis der ostfriesischen Knüppeltorte
Herzlichst euer

Siegfried Klock

Prolog

Leer Anno 1431

Alles lag in Schutt und Asche. Einfach alles. Der einst so große Häuptling und Herrscher Ostfrieslands, Focko Ukena[1], stand vor den Trümmern seiner Fockeburg. Was hatte er doch alles geschafft. Seine Zeit an der Seite der tom Broks aus dem Brookmerland, später gerade gegen diese tom Broks, 1426 an der Deterner Schanze und 1427 auf den wilden Äckern, und der Triumph, seine alleinige Herrschaft in Ostfriesland. Nun blieb nur noch diese Schmach. Sein Häuptlingssitz zerstört, sein Herr vernichtet, seine Macht am Ende. Dieser sogenannte „Freiheitsbund der sieben Ostfrieslande", unter der Führung von Edzard Cirksena, hatte seine Niederlage erwirkt. Sicher, er hatte bis zuletzt gekämpft, alles gegeben, aber dann am Ende doch alles verloren. Er, Focko Ukena, hatte seine Einwohner, Bauern und Landsleute wohl zu sehr enttäuscht, zu hohe Steuern gefordert und war seinem großen Versprechen, die „Friesische Freiheit" den Ostfriesen zurückzubringen, nicht genügend nachgekommen, um seinen eigenen Machtanspruch nicht zu gefährden. Er war nicht einsichtig gewesen und stand nun vor dem Chaos seiner

[1] Im Folgenden werden hier die Namen der Personen und der ostfriesischen Gebiete in Anlehnung an die Schreibweise in Wikipedia verwendet. In der Literatur findet man hier mehrere unterschiedliche Varianten.

eigenen missglückten Politik. Die Tränen standen ihm im Gesicht, als er auf die Trümmer seiner Fockeburg schaute. „Focko, lass uns gehen, es wird Zeit, du solltest nicht mehr hier sein. Edzards Truppen sind bald hier, sie werden dir nicht wohlgesonnen sein und du wirst keine Gnade erwarten dürfen", Sibet Lükena beschwor seinen Freund und Weggenossen. „Ja, ich weiß mein Freund, ich weiß, wir sollten gehen", antwortete er und schwang sich auf seinen „Friesen", einen schwarzen Hengst mit unbändigen Kräften. Sibet tat es ihm gleich und stieg ebenfalls auf. Ukena ritt los, blieb plötzlich an einem uralten Baum vor der zerstörten Brücke der Burg noch mal stehen. „Sibet, gib mir deine Schaufel, ich muss noch etwas erledigen, bevor ich meine Heimat verlasse." Ukena stieg ab und nahm eine große Holzkiste, einen Teil seines Gepäcks, vom Pferd. Sibet reichte ihm seine Schaufel, Ukena nickte dankend und ging ein paar Schritte am Baum entlang. Nach zwölf Schritten stach er mit der Schaufel in die Erde. Er begann zu graben. Die Holzkiste hob er sorgfältig in das gegrabene Loch, wickelte irgendwas in große Stofflappen ein und verstaute es mit einer weiteren kleinen Schachtel und einer Karte in der Kiste. Ukena schaufelte hastig Sand in das gegrabene Loch, stampfte es mehrmals ein, schaufelte wieder Sand obenauf und war nach kurzer Zeit mit allem fertig. Er schritt zum Pferd zurück und saß auf. „Weißt du Sibet, es gibt Dinge, die muss man machen und es gibt Dinge, die gehören in die Heimat und nicht auf die Flucht. Etwas von mir bleibt nun für immer hier, etwas, was mir sehr viel bedeutet", Focko Ukena klang gebrochen. „So soll es sein Focko, Eala Frya Fresena!" rief Sibet und trat an. „Leever dood as Slaav", antwortete Ukena und folgte Lükena. Focko Ukena drehte sich noch mal um und schaute auf die Trümmer der Burg. Es sollte das letzte Mal gewesen sein, dass Ukena und Sibet Ostfriesland sahen.

Abbruchreif

Jento Brunken saß mit seinen beiden Kollegen Siefke Radke und Ukko Brahms auf einer alten Holzbank am Leeraner Hafen bei der Waage, einem Restaurant im historischen Gebäude der Leeraner Wiegestation. Viele Hafenstädte verfügen noch heute über diese historischen Gebäude, die meist zu Restaurants oder anderen attraktiven Locations umfunktioniert wurden. Leer hat eine besonders schöne Waage am Rande der Altstadt. Das Restaurant bietet vorzügliche Küche und einen exzellenten Blick auf den Museumshafen mit den alten Schiffen. Jento spielte mit dem Handy und seine beiden Kollegen diskutierten aufgeregt über ihr aktuelles Projekt. „Sag mal Jento, was sollen wir nun eigentlich bei der alten Butze machen?" fragte Siefke ganz aufgeregt. „Wir müssen die Stromversorgung kappen, die Wasserleitung abstellen und die Heizungsanlage ausbauen", erwiderte Jento gelangweilt. Dieser undankbare Job war wieder mal einer, den Jento nicht mochte. Jento war nun seit fünfzehn Jahren bei einem Abbruchunternehmen in Leer beschäftigt und liebte die sogenannten „großen" Jobs. Baggerarbeiten, Hausabbrüche, alles dem Erdboden gleichmachen, das war eher sein Ding. Mal eben ein Gebäude versorgungsfrei machen, gehörte nicht zu seinen Lieblingsbeschäftigungen. Er klopfte Siefke auf die Schulter, forderte mit einem Kopfnicken Ukko und Siefke zum Aufstehen auf, und alle drei begaben sich auf den Weg in die Altstadt in die Nähe einer privat geführten alten Burganlage. Dort, drei Häuser weiter, stand ein altes Einfamilienhaus. Dieses Haus wurde an einen Investor in Göttingen verkauft. Das dreitausendfünfhundert Quadratmeter große Grundstück war umgeben von alten Bäumen, und das darauf stehende alte Haus befand sich in einem erbärmlichen Zustand. Die ehemaligen Besitzer hatten es aufgrund geltender Denkmalschutzverordnungen nicht mehr instand setzen können. Ein sogenanntes „Fass ohne Boden" hatte der ehemalige Besitzer noch vor Wochen einer regionalen Zeitung berichtet. Die ganze Angelegenheit war quer durch die Presse geschüttelt worden, aber die Denkmalschutzbehörde hatte keinen Millimeter Raum gelassen, wie so oft, wenn es um alte Bauten in Leer ging. Lieber verfallen lassen schien die Devise und dann mächtige Investoren suchen. Eine nicht ganz unbekannte Methode. Jento schloss die Tür auf und der modrige Geruch von Schimmelpilz und vergammelten Möbeln stach den drei Bauarbeitern in die Nase. „Auf geht's, Kollegen! Ukko, du kümmerst dich um die Stromversorgung und Siefke, du stellst schon mal die Wasseruhr ab."

Alles neu

Hauptkommissar Okko Bruns saß in seinem neuen Büro in Leer und schaute auf den Hafen. Das Polizeigebäude war mehrstöckig, und Okko räumte seinen Schreibtisch ein. Das Büro lag im zweiten Stock, und der Ausblick auf Hafen und Stadt war zwar nicht der beste, aber er genoss ihn gerade ungemein. Zusammen mit Lennert Jakobs und Lana Booken war er praktisch im Eilzug „strafversetzt" worden. Als fadenscheinige Begründung wurde ein erhöhter Personalbedarf in Leer und eine Überbesetzung in Aurich angeführt. Jeder im Standort Leer wusste aber, dass Okko mehrfach mit Kriminalrat Osterkamp in Aurich aneinandergeraten war. Seine Kollegen waren ihm gegenüber immer loyal geblieben und mussten ebenfalls gehen. So saß er nun am neuen Schreibtisch und genoss seine erste Tasse Tee. „Lana, sag mal, trinken die hier Thiele oder Bünting Tee in Leer, der schmeckt irgendwie anders, oder Lennert?" fragte er in die gewohnte Runde seiner Kollegen. „Okko, natürlich Bünting, Mann, wir sind in Leer, Leer ist Bünting Stadt", lachte Lana Booken ihm zu. „Elk sien Mög", erwiderte Lennert und lachte laut auf. „Scheiße, daran muss ich mich erst gewöhnen", grinste Okko zurück und schenkte sich die zweite Tasse Tee ein.

Die Tür ging auf und Okkos neue Chefin, Maria Rossi, kam herein. Die waschechte, attraktive Italienerin, in Minikleid und hochhackigen Schuhen, gerade mal 1,64 Meter groß, baute sich vor ihm auf und reichte ihm selbstbewusst die Hand. „Rossi, ist mein Name, Kriminalrätin Maria Rossi. Ich hoffe, Sie hatten einen angenehmen Umzug nach Leer", sagte sie geradeheraus und reichte auch Lana und Lennert die Hand. Ihr Dutt wackelte auf dem Kopf, und Okko mochte sich nicht vorstellen, wie es wäre, wenn Frau Rossi mal aufdrehen würde. „Bruns, Hauptkommissar Bruns ist mein Name, meine beiden Kollegen Lana Booken und Lennert Jakobs hatten ja schon das Vergnügen, Sie kennenzulernen." Okko schlürfte genüsslich seine dritte Tasse Tee. „Ja, das stimmt. Sie arbeiten sich nun bitte zügig ein, es gibt aktuell einen Raub in der Altstadt, dort wurde gestern Morgen eine ältere Frau überfallen. Die Akte liegt ja bereits auf Ihrem Tisch. Also los geht's, ich brauche Ergebnisse und zwar sehr schnell", erwiderte Rossi sehr knapp, drehte auf der Stelle um und verließ das Büro. Okko, Lennert und Lana schauten sich an, und jeder wusste vom anderen, was er gerade dachte. „Wo sind eigentlich Ilka Pommer und Peter Jensen, unsere Leeraner Kollegen?" fragte Lennert in die kleine Runde. „Ilka Pommer erholt sich noch von ihrer Entführung von dem verrückten Breedenbeek und Peter Jensen sitzt auf den Malediven", antwortete Okko Bruns. „So sind wir denn ja erst mal unter uns wie in Aurich", gab Lana lachend zurück. „Wor keen Schnee liggt, geit dat flotter", griente Okko die beiden an und begann die Akte mit dem Raub zu lesen.

Des Häuptlings Schwert

Es war ca. 13:15 Uhr als Siefke seinen Vorarbeiter laut rufen hörte: „Siefke, Ukko, kommt mal schnell in den Heizungsraum, ihr glaubt nicht, was hier liegt!" schrie Jento durchs ganze Haus. Siefke und Ukko eilten durch die Räume und erreichten den Heizungsraum. Jento hatte die Heizungsanlage schon in den Flur gerückt und das Fundament im besagten Raum mit dem Presslufthammer aufgerüttelt. Die Schrauben für die Bodenbefestigung waren so fest im Boden verankert, dass Jento seinen Hammer holen musste. Die beiden schauten auf eine verstaubte alte Kiste. Jento hielt ein uraltes Schwert hoch, das augenscheinlich in dieser Kiste gelegen hatte. Diverse Münzen, ein Buch mit Backrezepten, eine Tabakspfeife, ein kleines Messer, eine verstaubte Jacke und auch eine alte Karte lagen noch in der Kiste. „Was ist das denn?" rief Siefke verwundert. „Keine Ahnung, ein Schatz oder eine vergessene Utensilienkiste vom Vorbesitzer", stöhnte Jento. „Zeig mal her, das Ding", griff Ukko hastig nach dem Schwert. Jento konnte gar nicht so schnell reagieren, Ukko riss es

ihm förmlich aus der Hand.
Das Schwert war, bedingt durch die Trockenheit in der Kiste und dadurch, dass es mit mehreren Lappen umhüllt war, sehr gut erhalten. Mit einer Länge von fast einem Meter und einem verzierten Holzgriff ein echtes Schmuckstück. „Da steht was drauf!" rief Ukko. Er holte seine Lesebrille aus seiner Jackentasche und leuchtete mit seinem Handy auf den oberen Bereich der Klinge. Ihm stockte plötzlich der Atem. „Jento, weißt du, was du hier gefunden hast?" klopfte Siefke ihm nun auf die Schulter. „Nee, keine Ahnung, eben ein altes Schwert, gibt ja genug davon", erwiderte Jento genervt. „Das ist nicht irgendein Schwert, Jento, das ist das Schwert des Leeraner Häuptlings Focko Ukena, es steht hier deutlich darauf", gab Siefke aufgeregt von sich. „Wo, wie, wo steht das und wer ist Focko Ukena?" ärgerte sich Jento. „Hier lies doch", sagte Ukko und hielt ihm das Schwert mit der Scheide ins Handylicht hin:

„Foar myn trouwe maat Fokko Ukena

Okko II. tom Brok"

„Ich kann das nicht lesen, Ukko, was ist das für eine Sprache?" Jento winkte ab. Siefke staunte Bauklötze und fing an zu stottern. „Ich kenne mich sehr gut mit ostfriesischer Geschichte aus. Wenn das echt ist, hast du das Schwert des ostfriesischen Häuptlings Focko Ukena gefunden." Es wäre nach der Schrift ein Geschenk von Ocko II.

tom Brok. Ukena hat zu Beginn des fünfzehnten Jahrhunderts eine Weile an der Seite dieses Brookmerlandes Häuptlings gekämpft, und da steht deutlich drauf:

„Für meinen treuen Gefährten Fokko Ukena
Okko II. tom Brok“

„Die tom Broks und Ukena wurden aber irgendwann Feinde. Ukena besiegte Ocko II. tom Brok 1426 an der Schanze zu Detern und ein Jahr später dann endgültig bei der Schlacht auf den ‚wilden Äckern‘. Am Ende war die tom Brok Dynastie dann beendet und Ukena war kurze Zeit Häuptling von ganz Ostfriesland”, brabbelte Siefke nur so runter. Er hatte Schweißtropfen auf der Stirn. Jento schaute nur ungläubig und kratzte sich in den Haaren. „Wir müssen hier sofort aufhören und Göttingen informieren. Wenn da was dran ist, steht dieses Haus in unmittelbarem Zusammenhang mit den Ukenas”, warf Ukko ein. „Ich halte das für übertrieben, aber ich rufe da mal an. Hier sind auch alte Fundamentsteine im Beton, mir wird das aber auch zu heiß”, erwiderte Jento. Ukko und Siefke schauten sich die anderen Gegenstände in der Kiste an, machten Fotos und dachten kurz darüber nach, niemandem etwas zu sagen und den „Schatz” einfach zu behalten. Jento stand draußen und telefonierte aufgeregt, er fluchte und reagierte sehr verärgert. „Okay, ja, ist ja gut, ich kann auch wohl eben den Denkmalschutz anrufen", gab Jento von sich. „Ja, ist ja gut, ich bin ja nicht taub, okay, wir reden hier weiter, ja doch Mann", Jento legte auf. „Fuck, Fuck, wat ein Pinsel", Jento lief fluchend zurück ins Haus und berichtete seinen Kollegen vom Telefonat mit dem Investor, der die Kiste nun abholen und zur Ostfriesischen Landschaft bringen wollte.

Feierabend

Okko Bruns war in Geberlaune. Sein erster Arbeitstag war gut verlaufen, mit dem Beigeschmack einer wohl sehr strengen Chefin. Er fragte sich gerade, ob er mit Kriminalrätin Maria Rossi nun direkt vom Regen in die Traufe gekommen war, verwarf den Gedanken aber schnell. Er lud seine beiden Kollegen zu Jimmy's Altstadt Café in die Altstadt von Leer ein. „Ich hätte gerne eine große Kanne Tee und drei Stück ‚Ostfriesische Knüppeltorte'", zählte er Jimmy auf. „Gerne, gerne", Jimmy war wie immer gut gelaunt und stets zu einem Lächeln bereit. Die ostfriesische Knüppeltorte, eine regionale Spezialität aus vergangenen Zeiten Ostfrieslands, war aktuell der Hit in Jimmy's Altstadt Café. Nirgendwo sonst bekam man diese Leckerei und Bruns freute sich mächtig darauf, sie endlich mal zu kosten.

Die ostfriesische Knüppeltorte besteht aus sehr vielen Zutaten, ist kalorienreich und mächtig im

Geschmack. Mit über 800 Gramm Zucker, Rum, Mandeln, Orangensaft und Zitronat sowie sieben Eiern, Mehl, Kardamom, Zimt und Nelken, kann sie jeder jemals hergestellten Torte trotzen. Das Besondere daran ist, dass der Teig in Schweineschmalz gebraten wird und dann 24 Stunden ziehen muss. Ihren Namen hat sie wohl aufgrund ihrer ungewöhnlich harten Konsistenz. Jimmy hatte diese alte Tradition wieder aufleben lassen und verkaufte sie nun im Minutentakt an Einheimische und Touristen. „Ja, da ist sie, und endlich wieder Tee", freute sich Okko Bruns und unterhielt sich mit seinen Kollegen über den ersten Arbeitstag in Leer. „Wir haben am Samstagabend eine Band hier", sprach Jimmy die drei Beamten an. „Das klingt gut", erwiderte Lana Booken, „schon notiert, ich komme auf jeden Fall". Lennert nickte Lana zu und bekundete ebenfalls Interesse. „Ich muss packen, ich ziehe dieses Wochenende mit Hilde nach Leer, wir haben hier ein Haus gekauft", winkte Okko Bruns ab. Die drei lachten und lästerten noch eine Weile über ihre neue Chefin. Die Knüppeltorte wurde von allen dreien genüsslich verputzt. Um kurz nach sechs machten sie sich auf den Heimweg. „Jassesnee, wat bün ik satt", stöhnte Okko. „Ja, ich auch, die Torte war echt mächtig", stöhnte auch Lana. „Aber mega lecker", ergänzte Lennert und streichelte sich lächelnd den Bauch. „Was streichelst du da eigentlich?" lachte Lana.

„Muskeln, Lana, nur Muskeln.“

Unverhofft

Jento saß am nächsten Tag zu Hause und schaute gerade aus dem Fenster. Er sah den Postboten gerade vorne am Postkasten einen riesigen Umschlag einwerfen. Jento sprang aus seinem Sessel und eilte zur Tür. Mit schnellen Schritten war er am Postkasten und schloss ihn auf. Hastig entnahm er den Umschlag und rannte wieder ins Haus. Der Umschlag war ohne Absender aber an ihn adressiert. Jento tastete den Umschlag vorsichtig ab und machte dabei einen sehr zufriedenen Gesichtsausdruck. Er riss den Umschlag auf und fing an zu zählen. Am Ende waren es 35.000 Euro in verschiedenen Scheinen und Jento lachte kurz, aber laut auf. „Na, die haben aber schnell reagiert, das hat super geklappt”, dachte er und zählte das Geld nochmals nach. Er rannte in sein Wohnzimmer und verstaute das Geld in der Schreibtischschublade. Jento hatte Spielschulden und das nicht zu knapp. Er war vor ca. zwei Jahren dem Pokern verfallen, und seine Gläubiger nervten ihn schon seit Wochen mit der Rückzahlung von fast 47.000 Euro. Anstatt aufzuhören und die Schulden zu begleichen, hatte Jento aber immer weitergespielt. So war das stattliche Sümmchen zusammengekommen. Da kam dieser Geldregen gerade richtig.

Er wählte eine Nummer. „Ja, hier Jento, ich komme heute Abend, ein paar Karten drehen." Auf die folgenden Fragen des anderen Gesprächsteilnehmers reagierte er sehr verärgert. Am Ende einigten sich die Gesprächspartner auf eine Teilrückzahlung, um abends wieder spielen zu können. Jento zündete sich einen Glimmstängel an, setzte sich auf die Terrasse und überlegte. Dieses alte Haus in der Altstadt schien ein echter Glücksfall zu sein. Die Kiste unter dem Beton des Heizungsraumes, ein wahrlich echter Ostfriesen-Schatz, ging ihm nicht mehr aus dem Kopf. Zwei Stunden nach dem Fund auf der Baustelle und der Info darüber an den Auftraggeber, hatte ein Mitarbeiter des Investors die Kiste abgeholt. Dieser Piesel war mit einem grauen Caddy vorgefahren. Auf Jentos Frage, wo die Kiste denn hingebracht werden sollte, kam die knappe und unfreundliche Antwort: „Die geht zur Ostfriesischen Landschaft, wir haben dort Bescheid gesagt". Aber Jento war ja ein kleiner Schlaufuchs. Er hatte, wie seine beiden Kollegen, alle Exponate fotografiert, die Räumlichkeiten und den Fundort. Zudem hatte er eine alte Art Schatzkarte aus der Kiste einbehalten. Die lag nun in seiner Schreibtischschublade, er musste sie erst mal richtig studieren, wenn er wieder mehr Zeit hatte. Nach seiner ersten Einschätzung beschrieb sie wohl die Lage der sogenannten „Volnesborch", einer längst vergessenen und bereits völlig abgetragenen Burganlage in der Nähe von Holte, einem Dorf im Overledingerland. Die Karte war geteilt, und auf einer Seite fand Jento diverse Markierungen und Meterangaben. Er war sich sicher, dass es dort etwas zu holen gab. Jento setzte sich an seinen Laptop und gab „Volnesborch" ein. Laut Wikipedia wurde sie geschichtlich nur einmal erwähnt, weil sich 1409 drei ansässige ostfriesische Häuptlinge einem Schiedsspruch stellen mussten. Ein Brookmerlander Häuptling Keno tom Brok hatte angeblich einem Keno zu Volnesborch etwas angetan. Jento las den Eintrag flüchtig und erinnerte sich sofort an das Schwert in der Kiste. Dort war die Inschrift eines Ocko II. tom Brok eingraviert. „Wenn das man kein Zufall war", dachte er sich. Beizeiten wollte er da weiter recherchieren, dafür war im Moment keine Zeit. Neben dem Investor saßen ihm seine neugierigen Kollegen im Nacken. Auch sie hatten ja zum Teil Fotos gemacht, die von Siefke hatte er schon geschickt löschen können. Siefke hatte ihm sein Handy für ein Telefonat geliehen, angeblich war Jentos Akku leer. Das hatte Siefke geschluckt und schwupps, hatte er die Fotos gelöscht. Jento dachte nun nach. Zunächst musste er eine gute Geschichte für seine Kollegen erfinden, die seit dem Fund ständig nachfragten. Finderlohn, Verbleib der Kiste, Zeitung usw. Jento hatte bis dahin alles abwenden können, aber Siefke und

Ukko fragten trotzdem immer weiter. Überhaupt, gerade Siefke nervte ihn mit bohrenden Fragen. Er war der Meinung, dass ihm natürlich ein Finderlohn zustände, er war ja schließlich dabei gewesen und somit auch rechtmäßiger „Mitfinder". Jento hatte versucht ihm zu erklären, dass diese Funde dem Staat gehören und somit jeglicher Anspruch nichtig war. Lediglich die Anerkennung könnte man einfordern, aber nach dem Besuch des Investors und der auferlegten „Maulsperre", hatte sich das natürlich erledigt. Nur er, ja er, Jento Brunken, war natürlich so schlau gewesen, in der Ostfriesischen Landschaft nachzuforschen, ob dort eine Kiste aus einem Leeraner Bauvorhaben angekommen war. War sie natürlich nicht. Warum auch. Mit einem historischen Fund dieser Bedeutung wäre das Bauvorhaben sofort gestoppt worden. Das war Jento von Beginn an klar. Es hätte sich um Monate verzögert. Ihm war auch klar, dass der Investor diese Kiste verschwinden lassen wollte. Und somit hatte er ein dickes Pfund in der Hand. Fotos, Beweise und natürlich diese eine Karte. Jento öffnete sein E-Mail-Programm und verfasste eine Mail an das Unternehmen in Göttingen. Nachdem er fertig war, zog er ein leichtes Jackett an und begab sich auf den Weg in die Altstadt. Noch eben einen Kaffee bei Jimmy's Altstadt Café trinken und das Wochenende einleiten. Zufrieden und gut gelaunt pfiff er vor sich hin.

Märchenhaus

Die Sonne strahlte auf das Feriendomizil „Märchenhaus” in Leer. Die wunderschöne Unterkunft für Feriengäste im Herzen der Altstadt wurde gerne gebucht, und nur selten konnte man kurzfristig noch etwas bekommen. Die Wartelisten für die Unterkünfte waren lang und immer proppe gefüllt. Der durchtrainierte blonde Mann mit Dreitagebart hatte den „Gestiefelten Kater” als Unterkunft gebucht. Er hatte Glück gehabt, weil eine Buchung abgesagt wurde. Die Unterkunft war mit liebevollen Möbeln ausgestattet, einer hellen Einbauküche und einem wunderschönen Schlafzimmer. Er legte seine Sachen im Schlafzimmer ab und ging zum Fenster. Von hier aus konnte man die kleine Gasse einsehen und gegenüber auf die Bestuhlung eines kleinen Cafés schauen. Er hatte genau richtig gewählt. Sehr schönes Ambiente und perfekt für seine Aufgabe. Er zog sich frische Sachen an und ging auf die Straße. Draußen, nahe am Eingang zum Café, waren zwei Plätze frei und er setzte sich an den Tisch. Jimmy, der Wirt, kam raus und begrüßte ihn freundlich. „Moin, was kann ich Schönes für Sie tun?” lächelte er den Mann an. „Ich hätte gerne einen Cola-Whisky und ein stilles Wasser”, entgegnete er knapp und eher unfreundlich. „Gerne, Gerne”, antwortete Jimmy, ignorierte die Laune des Kunden und ging ins Café. Der durchtrainierte Blonde schaute auf sein Handy und las aufmerksam eine Mail mit einem angehefteten Foto. „Moin, na eben die Sonne genießen?" hörte er plötzlich eine freundliche Stimme sagen. „Moin, bei diesem Wetter ja genau das Richtige”, entgegnete er knapp und schaute sich den Typen an. Er schaute noch mal, öffnete instinktiv seine Mail, schaute ein drittes Mal und hielt inne. „Welch Zufall“, dachte er, grinste dann vor sich hin und nippte genüsslich an seinem Cola-Whisky. Der Typ am Tisch nebenan beachtete ihn nicht weiter und unterhielt sich angeregt mit Jimmy. Nach drei Minuten wusste der durchtrainierte Blonde mehr von ihm, als von mindestens zehn seiner vergangenen vierzehn Beziehungen der letzten drei Jahre. „Samstag ist hier wieder Party”, hörte er den Inhaber fröhlich sagen, der immer noch mit dem Typen neben ihm quatschte. „Ja, ich weiß, ich bin auf jeden Fall dabei”, entgegnete der und notierte sich den Termin in seinem Handy. „Freu mich”, stimmte Jimmy zu und servierte dem Typen seinen Kaffee. „Gut zu wissen, mein Freund”, dachte der große Blonde und nippte zufrieden an seinem Glas.

Alltag ist auch ein Tag

„Was macht der Raubüberfall, Herr Bruns, schon weitergekommen?” Kriminalrätin Maria Rossi dampfte durch das Büro von Okko Bruns und blieb fragend vor ihm stehen. „Moin erst mal, soviel Zeit ist immer. Wir haben gestern einen Verdächtigen befragt und sind aufgrund der vorhandenen Indizien nun bereit für eine Festnahme," entgegnete Bruns, grinste vor sich hin und nickte der hübschen jungen Dame zu. Zufrieden schlürfte er dabei seinen geliebten Ostfriesentee. „Na dann mal hurtig, Bruns, wo kein Schnee liegt, geht das ja auch ein bissel schneller!" ranzte Rossi zurück und ihr Dutt auf dem Kopf wippte aufgeregt hin und her. „Frau Rossi, eine alte Tugend der Ostfriesen besagt, dass man ruhig und gelassen seinen Tee zu Ende trinkt, sich besinnt und dann effektiv seine Aufgaben erledigt", antwortete Bruns ohne Betonung. „Ach, das wusste ich noch gar nicht, aber auch wenn ich italienischer Abstammung bin, wohne ich nun doch ein Leben lang in Ostfriesland. Diese Weisheit ist mir aber im Polizeidienst neu, Herr Bruns. Sie sollten sich nun ein wenig sputen, denke ich, sonst ist Ihre nächste Versetzung vielleicht näher als Sie denken!" patzte Rossi zurück. Dabei wippte ihr Dutt wie ein Kreisel und Bruns war gerade nicht abgeneigt, volles Pfund zurückzugeben. „Moin zusammen", die Oberkommissare Lennert Jakobs und Lana Booken betraten das Büro fröhlich und unterbrachen die angeheizte Stimmung. „Moin, ihr beiden, hoffe ihr habt gut geschlafen. Frau Rossi möchte unsere Arbeit gerne ein wenig beschleunigen, geht ihr alles zu langsam. Also auf, wir nehmen den Kuntz aus der Annenstraße nun fest", entgegnete Bruns den beiden und nickte Kriminalrätin Rossi gekünzelt freundlich zu. „Geht doch", nickte Rossi zurück und dampfte zurück in ihr Büro. „Was ist denn in die gefahren?" Lennert Jakobs schaute Bruns und Lana an. „Na, ist doch ganz einfach: jung, erfolgsorientiert, aufstrebend und ungeduldig", antwortete Bruns lächelnd. Die drei Beamten zogen die kugelsicheren Westen an und machten sich auf den Weg in die Annenstraße in Leer. „Wollen wir das SEK nicht dazu holen?" fragte Lana Booken. „Lana, der Typ hat null Eier in der Hose, den schnappen wir mit links. Der war gestern im Verhör schon so widersprüchlich und unsicher, außerdem sitzt der zu Hause und inhaliert Pornos. Wir hatten heute Nacht ja eine Streife vor seiner Wohnung", beruhigte Bruns Lana. „Okay Okko, das wusste ich nicht, na dann, auf geht's", nickte Lana den beiden zu. „Kommst du Samstag auch zur Party in die Altstadt, Lennert? Ich würde mich freuen!" Lana sah ihn fragend an. „Ja, ich hab mich schon Montag angemeldet, die Gruppe ‚Timeless Trio' spielt dort wieder und ich mag diese Musik sehr. Wir können gerne zusammen hingehen", entgegnete Lennert freudig. „Top, ich freue mich auch, Lennert", antwortete Lana und bediente eine gerade ankommende Anfrage über Funk. Der Polizeibulli bog nun in die Annenstraße ein und positionierte sich vor der Wohnung von Holger Kuntz. Bruns teilte die beiden Oberkommissare auf: Lana begab sich zu dem Hintereingang der Wohnung und Lennert sicherte die Flanke zum Vordereingang. Binnen zehn Minuten war alles erledigt. Holger Kuntz lag bei seiner Festnahme in Unterwäsche im Wohnzimmer auf dem Sofa. Der Fernseher lief, und er hatte über Nacht wohl zwei Flaschen Whisky inhaliert, die standen leer auf dem Tisch. Er konnte sich kaum auf den Beinen halten und bekam von der Festnahme nicht wirklich etwas mit. Auf die Frage, ob er die Anschuldigung verstanden habe, rülpste er Bruns direkt ins Gesicht. Um viertel vor zehn saß Kuntz entsprechend in der Ausnüchterungszelle und schlief seinen Rausch aus. Rossi war noch zwei Mal bei Bruns im Büro gewesen und hatte sich dann für die morgendliche Auseinandersetzung entschuldigt. Ihr tat es wohl aufrichtig leid, in ihrer ständigen Ungeduld mit einer Versetzung gedroht zu haben.

Auftrag

Der durchtrainierte Blonde saß in seiner Unterkunft und schaute aus dem Fenster. Gegenüber füllten sich die Stühle, einige brachten noch eigene Sitzgelegenheiten mit und setzten sich dazu. Er verfolgte das Treiben sehr aufmerksam und schaute ständig auf sein Handy. Hastig zog er an seiner

Zigarette, er wusste genau, dass er hier nicht rauchen durfte, aber egal, dachte er und steckte sich eine neue an. Plötzlich surrte das Handy: „Ja, ich höre. Wie, noch mehr Geld, noch eine Mail, okay, ich verstehe, soll ich das heute machen?" fragte er zur Sicherheit nach. „Okay, mach ich, hab schon einen Plan. Zielobjekt gestern schon kennengelernt, ja doch, ich verstehe, bin doch kein Anfänger", gab er barsch zurück. Verärgert legte der Blonde das Handy auf die Fensterbank und schaute auf die Straße. Mittlerweile waren alle Stühle gefüllt, die Gruppe „Timeless Trio" spielte ihre ersten Songs und einige tanzten auf der Straße. Sein ausgemachtes „Zielobjekt" setzte sich gerade mit zwei anderen Männern und einer Frau an den letzten freien Tisch. Sie schienen sehr ausgelassen und fröhlich zu sein. Er ging noch mal ins Bad, machte sein „kleines Geschäft" und wusch sich die Hände. Sein Auftraggeber hatte ihm klare Anweisungen gegeben. „Wenn man den Hals nicht voll genug bekommen kann", dachte er und lächelte ein wenig. Dieser Auftrag war einfach, so einfach, er liebte komplizierte Dinge, aber egal. Auftrag war nun eben Auftrag. „Kleinvieh macht auch Mist", war sein letzter Gedanke, bevor er sich in das Getümmel der Gäste des Musikevents bei Jimmy's machte.

Party Time bei Jimmy's

Es herrschte ausgelassene Stimmung in der Altstadt Leer. Vor Jimmy's Altstadt Café wurde ausgelassen getanzt und gelacht. Siefke Radke und Jento Brunken saßen am letzten Tisch vor dem Café. Sie hatten sich mit Freunden verabredet, um heute einen feucht-fröhlichen Abend zu verbringen. Jento war besonders gut gelaunt, er hatte beim Pokern endlich mal wieder gewonnen und sein Schuldenkonto verringert. Wenngleich es noch einen erheblichen Betrag zu zahlen gab, war er seinem Ziel, schuldenfrei zu werden, deutlich nähergekommen. „Mensch Siefke, nun hör doch mal auf über das alte Haus zu labern, du regst mich auf. Genieße den Abend und hau dir einen in den Kopp!" ranzte Jento seinen Arbeitskollegen an. Auch Ukko nervte ja zwischendurch ständig mit dem Fund in der alten Butze. Jento wollte feiern, seinen Erfolg feiern und einen zu erwartenden zweiten Geldsegen. Er wähnte sich gerade in einer Glückssträhne und genoss das Gefühl in vollen Zügen. Drei Tische weiter saßen Lennert Jakobs und Lana Booken und genossen gerade ihren ersten Rotwein. Sie saßen schon sehr dicht beieinander und man konnte vermuten, die beiden wären ein Paar. Lennert sah Lana ständig an, wurde zwischendurch auch mal rot, wenn sie zurückschaute. Lana hatte das bemerkt, beließ es aber beim Wissen. „Arbeitskollegen als Liebespaar - ein heikles Thema", dachte sie bei sich. Jimmy brachte im Minutentakt Getränke nach draußen, und das schöne Wetter bescherte allen einen warmen Sommerabend. „Ich hätte gerne ein Stück ostfriesische Knüppeltorte zum Whisky, ganz nach alter Häuptlings-Tradition", bestellte Jento bei Jimmy. „Gerne, gerne, bringe ich gleich", stimmte dieser Jento zu. Auch Lana und Lennert bestellten sich an diesem Abend die alte ostfriesische Traditions-Torte. Zu gern genossen sie diese Spezialität zuweilen, wenngleich der Verzehr auch einem Zucker-Booster ähnelte. Sie alle bemerkten den großen Blonden nicht, der die ganze Zeit in der Nähe von Jento Siefke stand und permanent den Tisch anvisierte. Lediglich Lennert nahm ihn aufgrund seiner beobachtenden Haltung kurz ins Visier, verwarf aber seine negativen Gedanken und wandte sich wieder Lana zu. Im Verlauf des Abends, die Stimmung war gigantisch, leerten sich die Tische dann aber zunehmend. Jento saß mittlerweile alleine am Tisch, seine Kollegen hatten sich wohl verabschiedet oder tanzten auf der Straße. Er genoss einige große Happen seiner Torte, nahm einen kräftigen Schluck Whisky und lehnte sich zurück. Irgendwie wurde ihm kurz danach unwohl, er bekam einen Magenkrampf und wollte schnell zur Toilette. In dem Moment, als er aufstehen wollte, sackte er wieder in den Stuhl, schnappte nach Luft und verlor augenblicklich das

Bewusstsein. Drei Tische weiter strich Lennert ganz vorsichtig über Lanas Hand. Lana schaute Lennert giftig an und der zog seine Hand sofort zurück und schaute verstohlen zur anderen Seite der Tische. Er bemerkte, dass dort ein Mann scheinbar regungslos am Tisch saß mit dem Kopf nach unten. Er dachte sich aber nichts dabei, denn wo viel getrunken wurde, konnte man auch mal schnell müde werden. Lennert schaute sich aber trotzdem instinktiv um und sah im letzten Moment noch eine große Gestalt, die hastig in der Menge der Tanzenden verschwand. Das war der Moment, als Lennert nochmals zum Nebentisch schaute. Der regungslose Mann saß immer noch starr am Tisch. „Lana, ich glaube, hier stimmt was nicht", stieß er sie an. Lana trällerte gerade einen der gespielten Songs mit und erschrak. „Was ist los, Lennert, Mann, was willst du, erst meine Hand streicheln, dann stößt du mich an. Was soll das?" verärgert rückte sie ihren Stuhl ein kleines Stückchen von Lennert weg. „Nein, ich will gar nichts. Lana, schau doch mal da am Tisch. Der Typ sitzt schon zehn Minuten starr vor sich hin und bewegt sich nicht mehr, schau doch mal bitte", forderte er Lana auf. Lana schaute in die von Lennert angegebene Richtung. Der Mann saß regungslos am Tisch. Lana bemerkte etwas an seinem Mund, konnte es aber nicht genau sehen. Mittlerweile war es ja schon dunkel geworden und die wenigen

Lichter der Altstadt gaben kein gutes Sichtfeld. „Stimmt, Lennert, lass uns schauen, dem geht's nicht gut", Lana sprang auf. Lennert folgte ihr, und beide gingen auf den Mann zu. Lennert sah etwas Erbrochenes vor dessen Mund und reagierte sofort. Die beiden Polizisten schoben blitzschnell den Tisch zur Seite und legten den Mann in Seitenlage auf das Kopfsteinpflaster. Lennert zog sein Handy und wählte den Notruf. Lana nahm die Hand des Mannes und fühlte nach seinem Puls. Die Menschenmenge auf der Straße und die übrigen Gäste erschraken, die Musik hörte auf zu spielen, und plötzlich standen alle in einem Halbkreis um Lennert, Lana und den Mann. Jemand holte eine Decke, ein anderer ein Kissen, eine Frau kam mit Mineralwasser und bot es an. Alle wollten helfen aber der Mann lag regungslos in stabiler Seitenlage. „Lennert, er hat Puls und atmet, aber sehr flach", Lana klang mehr oder weniger hilflos. „Versuch ihn anzusprechen, rede mit ihm, der RTW ist unterwegs", gab Lennert beruhigend zurück. „Hallo, können Sie mich hören, es kommt Hilfe, hallo, bleiben Sie wach", Lana sprach immer wieder auf den Mann ein. Er bewegte sich aber nicht und seine Augen waren geschlossen. Wenige Minuten später traf der RTW ein und der Notarzt begann sofort mit der Versorgung. Der Mann wurde behutsam aufgenommen und nur zwölf Minuten später raste der RTW mit Blaulicht und Sirene zum

Klinikum Leer. „Hat jemand irgendetwas gesehen, ist jemandem etwas Ungewöhnliches aufgefallen?” rief Lana in die noch immer beachtlich große Menschenmenge und hoffte einfach auf irgendwelche Unterstützung von den Leuten. „Vielleicht ist ihm einfach nur schlecht geworden, bei dem ganzen Alkohol, den die dort am Tisch konsumiert haben, und warum fragen Sie überhaupt, was geht Sie das denn an?” rief eine junge Frau aus der Menge. „Ganz einfach, ich bin hier in Leer Polizistin, und dann geht mich das was an”, gab Lana fast boshaft zurück. Die Frau verstummte und trat aus der Menge auf Lana zu. „Okay, das wusste ich ja nicht, sorry. Der Mann hat mit seinen Freunden den ganzen Abend gut gebechert, ein Stück Torte verputzt und geraucht. Seine Freunde sind vor einer halben Stunde gegangen, er blieb sitzen. Dann war da noch so ein Typ, der die ganze Zeit in der Nähe stand. Irgendwann war der aber weg, mehr hab ich nicht gesehen”, berichtete die Frau ausführlich. „Danke schön, das hilft uns auf jeden Fall weiter, sonst noch jemand eine Beobachtung?” fragte Lana noch mal nach. „Ja, ich hab noch was gehört, es gab rege Diskussionen an dem Tisch. Keine Ahnung warum und was die hatten, aber der Ohnmächtige schien zuweilen sehr verärgert darüber”, gab ein älterer Mann von sich. „Danke schön, wir nehmen Ihre Personalien noch zur Sicherheit auf, dann können Sie gehen”, beruhigte Lana die Umstehenden. Lennert war inzwischen im Café und erkundigte sich bei Jimmy nach dem Alkoholkonsum der Tischgemeinschaft. Auch den Namen des Ohnmächtigen hatte er von Jimmy bekommen. „Die haben hier tüchtig was in sich rein geschaufelt", Lennert berichtete Lana vom Gespräch mit Jimmy. „Ich denke, er hat über den Durst getrunken und sich einfach überschätzt”, ergänzte er. „Ja, das mag sein, aber für den Fall der Fälle ist es besser, eben zu fragen”, erwiderte Lana. „Natürlich, dafür sind wir auch ja da”, bestätigte Lennert den Einwand von Lana. Er hätte heute Abend so gerne mit Lana ein bissel inniger gesprochen. Die beiden arbeiteten nun schon Jahre zusammen. Lennert mochte Lana sehr gerne, auch auf Ilka Pommer, seine Kollegin aus Leer, hatte er ein Äugchen geworfen. Lana aber war seine Nummer eins gewesen, immer noch, und sie wusste das insgeheim wohl auch, da war er sich sicher. „Lass uns gehen, ich bringe dich zu Fuß nach Hause, war aufregend genug heute”, bot Lennert sich Lana an. „Ja, ich muss auch ins Bett, bin echt hundemüde, Lennert, aber ich möchte gerne alleine gehen, bitte sei nicht böse”, erwiderte Lana und strich nun über Lennerts Hand. Er wurde prompt rot und seine Hände begannen zu schwitzen. „Dein Telefon klingelt”, riss Lana ihn plötzlich aus seiner Träumerei. „Jakobs, wer spricht da, was kann ich für Sie tun?” Lennert wurde auf einmal still. „Ja, ich verstehe, ja okay, natürlich, wir kommen, alles klar, bis gleich", Lennert legte auf. „Wir müssen zum Klinikum, der Mann ist gerade gestorben, Lana, er hatte Gift im Magen." Lennert nahm Lana nun in den Arm und drückte sie an sich. Lana stieß ihn zart zurück. „Wie, Gift im Magen, wieso Gift, was für ein Gift denn?" Lana überschlug sich förmlich. „Morphin, Lana, eine tödliche Dosis Morphin. Zudem litt er an Herzproblemen, wohl vom Rauchen, vermutet der Chefarzt", erwiderte Lennert behutsam. „Wir hätten ihm nicht helfen können, es war schon zu spät, er war schon sehr weit weg, als wir ihn bemerkt hatten, sagte der Arzt." Lennert war den Tränen nahe. „Okay, wir müssen Okko verständigen, er muss das wissen, Lennert, das ist definitiv vorsätzlicher Mord. Zudem müssen wir den Tatort sichern lassen und die Spusi informieren", plapperte Lana aufgeregt und bestürzt. „Ja ich weiß, ich ruf Okko an und du informierst die Spusi", gab Lennert eilig zurück. Lana griff nach dem Handy und wählte die Nummer der Spurensicherung. Lennert telefonierte mit Okko. „Scheiße Mann, Lennert, ich bin den ganzen Tag umgezogen, Scheiße, und das heute Abend, Mann, aber ich komme", Okko wählte mal wieder sein Lieblingswort: „Scheiße". „Okay, ich mache mich auf den Weg, wartet vor der Klinik auf mich." Okko sprang in seine Jacke. Hilde wollte noch etwas sagen, rannte ihm hinterher, aber Okko saß schon im Auto und war auf dem Weg in die

Klinik.

Wenn alles schläft

Diese Samstagnacht zeigte sich besonders klar. Der Himmel war voller glitzernder Sternchen, der Mond schien auf den Franzosenweg in Detern. Eine Taschenlampe hätte er nicht gebraucht. Er schlich sich an die Hintertür des Einfamilienhauses und öffnete sie mit einem leichten gekonnten Hebelgriff. Im hinteren Flur führte eine zweite Tür zur Küche. Die Küche hatte zwei weitere Türen, eine davon führte in einen zweiten Flur mit angrenzenden Räumen. Er musste nun schnell handeln. Wo war nur das Büro oder irgendwas wie ein Arbeitsraum? Bei der zweiten Tür hatte er Glück. Neben einem Schreibtisch und einem Drehstuhl befanden sich diverse Schränke mit Ordnern. Er wühlte alles durch, jeden Millimeter Schrank, Schublade und Ablage. Im Schreibtisch fand er endlich die Karte, die Karte aus dem Fund im Abbruchhaus Leer Altstadt. „Dieser Lump, dieser raffgierige Lump", dachte er und geriet innerlich in Wut. Viertausend Euro lagen zusätzlich in einem weißen Umschlag. Auf dem Schreibtisch stand ein Laptop, der noch eingeschaltet war. Er riss den Stecker aus der Dose und klappte den Laptop zusammen. Hastig raffte er alles in einen Rucksack und verließ den Raum. Was war das? Plötzlich hörte ein leichtes Schlieren aus Richtung der hinteren Außentür. Blitzschnell versteckte er sich in der Küche hinter der Tür. Hier wog er sich in Sicherheit, wenngleich er sich gerade dadurch nun selbst in eine missliche Lage gebracht hatte. Er konnte nirgendwohin ausweichen. Er hörte Schritte, Schritte im hinteren Flur. Die Schritte kamen immer näher, ihm stockte der Atem. Er schwitzte aus allen Poren. Im nächsten Moment riss plötzlich jemand an der Küchentür und nahm ihm damit augenblicklich sein Versteck.

Der letzte Happen

Die Kerze im Zimmer flimmerte, als wenn die Seele „Hallo" sagen wollte. Jento Brunken lag auf einer Bahre, die Hände gefaltet. Er war kreideweiß aber um seine Lippen zeigte sich noch ein leichter Blauschimmer. Okko Bruns, Lana Booken und Lennert Jakobs betraten gleichzeitig den Raum im Klinikum Leer. Eine Nachtschwester hatte ihnen die Tür geöffnet. „Der Arzt kommt sofort, Herr Hauptkommissar", sagte sie mit gedämpfter Stimme. „Ja, danke schön, wir warten hier", antwortete Bruns, und Lana und Lennert stimmten nickend zu. „Was zum Kuckuck bewegt jemanden dazu, einen Menschen auf einem öffentlichen Platz zu vergiften, Scheiße Mann!" stieß Okko fluchend in den Raum. „Wir haben vor Ort schon Leute befragt, er war mit Freunden dort, aber keiner weiß, wer das war und wann die gegangen sind, Okko. Es war Party dort, auch wir waren da und haben nichts gesehen", gab Lana zur Antwort. Die Tür öffnete sich und ein Mann mittleren Alters mit weißem Kittel kam in den Raum. „Guten Abend, mein Name ist Hickmann, Doktor Hickmann, ich habe den Patienten behandelt", stellte er sich vor. „Na, Sie Glücklicher, ist dann wohl nicht so ganz gelungen", gab Okko leicht sarkastisch zurück. „Wir konnten nichts mehr für ihn tun, wir haben noch den Magen ausgepumpt, ihn versucht zu stabilisieren, aber das Morphin war schon zu weit eingedrungen, er hätte es ohnehin nicht überlebt", bedauerte Hickmann. „Wie haben Sie denn ohne Obduktion so schnell das Morphin gefunden?" brachte Lennert sich nun in das Gespräch ein. „Ganz einfach: Morphin lässt sich im Urin nachweisen. Wir machen natürlich bei jedem Verdacht auf Vergiftung einen Blut- und Urintest, dabei fanden wir große Mengen des Opiates", antwortete Hickmann fachmännisch. „Nichtsdestotrotz, die Leiche von Brunken muss sofort obduziert werden, da geht kein Weg dran vorbei. Hier handelt es sich offensichtlich um einen Giftmord. Der Mann war ja in Feierstimmung, da macht der sich ja nicht selber weg!" grätsche Bruns in das Gespräch. „Selbstverständlich, Herr Bruns. Wir haben das schon veranlasst, nur ist der Magen ja nun leer, wir haben den Inhalt in einen gesicherten Behälter gefüllt, für die Obduktion", gab Hickmann nickend zurück. „Prima, dann sind wir hier ja fertig, danke schön Herr Doktor Hickmann", grinste Bruns ihn und seinen beiden Kollegen zu. Lana und Lennert nickten zustimmend und verließen mit Okko Bruns das Krankenhaus. „Wie gehen wir nun weiter vor?" fragte Lana ihre beiden Kollegen. „Jetzt geht es erst mal in die Heia, ich bin total matsche von dem Umzug, und Hilde weiß nicht mal wo ich bin", gab Okko zurück. „Morgen treffen wir uns im Büro und sprechen die weitere Vorgehensweise ab. Wir benötigen zudem das Ergebnis der Obduktion, was hat ihn vergiftet, was hat er gegessen, wann hat er gegessen", ergänzte Bruns. Die drei machten sich auf den Heimweg. Lennert hätte zu gerne noch ein wenig Zeit mit Lana verbracht aber alle waren total erschlagen und wählten das Bett als nächste Station. Lana dachte im Bett noch mal nach. Wer hatte nun in unmittelbarer Nähe von Jento Brunken gesessen? Wer und warum wollte jemand dem Brunken nur etwas antun? Lana konnte einfach nicht einschlafen und machte sich noch einen Tee. Im Sitzen schlief sie dann mit der Teetasse in der Hand ein.

Nebel und Schatten

Irgendetwas krabbelte auf seiner Nase, als er langsam zu sich kam. Ihm platzte der Schädel vor Schmerzen. Einfach dahingerafft lag er in der Küche und versuchte sich umzuschauen. Alles sah vernebelt und verschwommen aus. Er erkannte zunächst den Schatten der Einbauküche, den Küchentisch und die drei Stühle. Etwas an seinem Kopf fühlte sich nass an und er griff sich in die Haare. Blut, es war Blut und eine Kruste, die er ertasten konnte. Der erste Versuch, sich aufzusetzen, misslang, und er sackte wieder in sich zusammen. Wer hatte ihn nur so zugerichtet? Er versuchte sich zu erinnern, aber es gab weder eine Gestalt noch ein Gesicht, an die oder an das er sich erinnern konnte. Lediglich eine Stimme hatte er im Gedächtnis. Ein Satz fiel ihm plötzlich ein, ein deutlicher Satz, der wie eine Warnung klang: „Gute Nacht mein Freund, du bist ein wenig zu neugierig, kann Scheiße enden, sowas", oder so ähnlich. Danach hatte er nichts mehr gespürt, es war augenblicklich schwarz um ihn herum geworden. Der zweite Versuch, sich nun aufzusetzen, gelang ihm besser. Auch seine Sehkraft schien langsam wieder zurückzukommen. Er erkannte den Raum, die Möbel und das Ziffernblatt auf seiner Uhr, 03:30 Uhr las er. Panisch schaute er um sich. Der Rucksack war weg und somit alles, wofür er hier eingebrochen war. „Scheiße", dachte er bei sich, stand auf und schaute sich erst mal um. Sein Peiniger schien nicht mehr im Haus zu sein. Vorsichtig ging er auf den Flur und schlich zur hinteren Eingangstür. Wer um alles in der Welt hatte von seinem Vorhaben gewusst und ihn hierher verfolgt oder ihm hier aufgelauert? Er hatte mit niemandem darüber gesprochen, nichts von sich gegeben. Nach der Party war er direkt nach Hause gegangen, hatte sein Werkzeug eingepackt, den Rucksack vom Boden geholt und sich eilig auf den Weg gemacht. Nun war alles, ja wirklich alles, umsonst gewesen, dachte er nach. Erst mal weg hier, raus hier und schnell Richtung Zuhause. Er ging aus dem Haus, rannte die kleine Straße bis zum Ende, bog rechts ab und erreichte sein Auto wenige Minuten später. Er hatte es versteckt. Auf einem Parkplatz unauffällig abgestellt.

Kein Wochenende in Sicht

„Guten Morgen", Bruns kam leicht verschlafen ins Büro. Lana und Lennert waren schon da und Lana hatte erst mal eine große Kanne Tee aufgesetzt. Sie kannte Okko ja genau und wusste, dass das seine erste morgendliche Amtshandlung war. Ohne seinen geliebten Ostfriesentee konnte Okko weder denken noch arbeiten. Und seine Laune war ohne Tee nicht wirklich erträglich. „Lana, mach uns mal eben…", Okko kam nicht dazu den Satz auszusprechen. „Schon geschehen Okko, der Tee hat gleich gezogen", gab Lana schnell zurück. „Braves

Mädel", grinste Okko und setzte sich an seinen Platz. „Hilde hat sich erst mal tüchtig beschwert, der Haussegen hing heute Morgen recht schief, und ehrlich gesagt, kann ich sie verstehen", gab Okko kleinlaut von sich. „Ich verstehe das auch, Okko, sie saß wahrscheinlich heute Nacht zwischen Kisten und Möbeln und hat auf dich gewartet", grinste Lana zurück. „Ja so ähnlich, nee schlimmer: sie ist im Badezimmer in der Wanne mit dem Bettzeug eingeschlafen, wir hatten ja noch nichts aufgebaut", gab Okko zu. „Oh Mann", lachte Lennert auf und sah sofort, dass Okko das nicht wirklich lustig fand. Er verstummte augenblicklich und goss allen dreien einen frischen Tee ein. „Die Sahne, links rum, Lennert, wie oft soll ich dir das noch sagen, Ostfriesen drehen die Sahne links rum in die Tasse. Scheiße Mann, das ist doch so einfach", Okko bullerte wieder vor sich hin. Brav drehte Lennert die Sahne links rum in die Tasse. „Geht doch", Okko war nun zufrieden. „Haben wir schon einen Obduktionsbericht?" fragte Okko in die Runde. „Nein, Okko, wir warten drauf, denke der kommt in der nächsten Stunde rein", antwortete Lana und schaute ständig auf den PC vor ihr und zum Faxgerät. Die Tür ging auf und Kriminalrätin Maria Rossi stolzierte ins Büro. „Guten Morgen zusammen, ich hörte, es gibt einen Todesfall in der Altstadt Leer. Bitte den Bericht und die aktuelle Lage, Herr Bruns!" polterte Rossi

Bruns an. „Ja, es gibt einen Toten. Und ja, es war in der Altstadt gestern Abend bei Jimmy's Altstadt Café, mehr wissen wir auch noch nicht", gab Okko Bruns zurück und schlürfte seinen geliebten Ostfriesentee. „Das ist gelogen, Herr Bruns, Sie wissen mehr, also bitte raus damit, wir arbeiten hier im Team", fauchte Maria. „Frau Rossi, wir wissen nur, dass es sich vermutlich um einen Giftanschlag auf eine Person handelte. Es wurde Morphin bei ihm im Urin nachgewiesen, die Ergebnisse der Obduktion stehen noch aus", ergänzte Lennert Jakobs freundlich. „Sehen Sie, die Details sind wichtig, die Details, ich habe heute Morgen schon sowas gehört", gab Rossi zurück und der Dutt auf ihrem Kopf wippte bedrohlich hin und her. „Sehen Sie zu, dass wir schnell Ergebnisse vorweisen, die Presse schläft nicht und spätestens morgen sitzen die mir im Nacken", wies Rossi die drei Beamten barsch an. „Ach so, und noch was: ab sofort bringe ich jeden Donnerstag einen kleinen Freund, eine Hündin, mit ins Büro. Ihr Name ist Frieda, sie gehört meiner Freundin Mareike. Ich wünsche, dass Sie dem Tier mit dem nötigen Respekt begegnen, sie ist lieb und pflegeleicht. Ich habe das an oberster Stelle abgeklärt, also keine Widerrede", bestimmte Rossi und der Dutt sprang nun förmlich auf ihrem Kopf rauf und runter. „Machen wir nun einen Zoo hier auf, Frau Rossi, dann bringe ich meine Katze und den Hamster auch noch mit", gab Bruns abfällig von sich. „Herr Bruns, ich Chef, Sie Untergebener. Was gibt es daran zu diskutieren?" fauchte Rossi Bruns erneut an. Bruns goss sich eine weitere Tasse Tee ein und schüttelte den Kopf. „Am Ende müssen wir dann noch auf Frieda aufpassen, oder wie?" Okko konnte es nicht lassen. „Gut erkannt, Herr Bruns, ich komme bei Gelegenheit gerne auf Ihr Angebot zurück", grinste Maria Rossi nun und ihr Ton wurde weicher und freundlicher. „Das Ergebnis der Obduktion ist da, Okko", Lana kam mit einem Schriftstück auf Okko zu. Maria Rossi sprang in ihre Richtung und riss ihr das Papier aus der Hand. Lana konnte nicht so schnell reagieren und schaute Rossi wütend an, sagte aber nichts. „Aha, also Morphin, hohe Dosis, führte letztlich in Kombination mit der Herzschwäche zum Exitus", Rossi las laut vor. „Okay, das Morphin war in einem Kuchen", las Rossi weiter. Okko, Lana und Lennert standen verständnislos da und schüttelten ihre Köpfe. „Wie wäre es, wenn Sie den Bericht in ganzen Sätzen und vollständig vorlesen würden, Frau Rossi, dann könnten Ihre Untergebenen auch teilhaben", brachte sich Okko Bruns leise ein. Maria Rossi warf Bruns einen giftigen Blick zu und begann noch mal von vorne. „Also, Herr Brunken starb an einer Überdosis Morphin. Sein Tod trat um ca. 22:00 Uhr ein, plus minus eine Stunde. Reste vom Morphin wurden im Mageninhalt, in einem Gemisch aus

Mandeln, Zitronat, Orangeat, ganz viel Zucker, Mehl, Rum usw. gefunden. Aufgrund der zusätzlichen Herzschwäche wurde der Tod noch beschleunigt, es gab keine äußeren Gewalteinwirkungen, Nadelstiche oder Flecken", Rossi las den Text langsam vor und schaute dabei immer wieder mit Blitzen in den Augen auf Okko Bruns. „Okay, dann müssen wir noch mal den Tatort inspizieren. Die Spusi hatte gestern Abend keine weiteren Hinweise mehr gefunden, Jimmy hatte ja schon alles abgeräumt. Teller, Tassen und Gläser waren gespült bevor die Spusi eintraf, wir gingen ja nicht von einem Tötungsdelikt aus", brachte sich Lana ein. „Und mit Jimmy sprechen, ganz wichtig. Vielleicht ist ihm ja noch etwas eingefallen", ergänzte Lennert. „Wie und was Sie heute machen, ist mir erst mal egal. Morgen früh will ich einen vollständigen Bericht mit Fotos vom Tatort, Vernehmungen und ersten Ergebnissen. Geben Sie mal etwas mehr Gas bitte", Rossi schaute die drei Polizisten sehr ernst und bestimmend an. Sie drehte auf dem Fuß und verließ mit wippenden Hüften den Raum. „Okko, schau auf den Boden, du bist verheiratet", grinste Lennert ihn an. „Mit der was anzufangen wäre auch hochgradig selbstzerstörend", grinste Okko zurück und schaute nun absichtlich aus dem Fenster auf die Nesse.

Kompliziert

Die Rathausstraße in der Altstadt strahlte an diesem Sonntagmorgen mal wieder in sonnigen Farben. Die kleinen Geschäfte waren geschlossen, aber gerade das gab dem Charme dieser Straße den besonderen Touch. Sie strahlte so eine ganz besondere Ruhe und Besinnlichkeit aus, es fühlte sich an, ja, wie eine kleine Zeitreise in die Vergangenheit. Die Wilhelminengasse mit dem Kratzstein am Samson Haus von Wolff Wein, das Kopfsteinpflaster in den Gassen und der Straße sowie die kleinen Schaufenster der Geschäfte, bildeten ein besonderes Flair und das gute Gefühl, hier genüsslich zu verweilen. Gerade war wieder eines der vielen Flussschiffe eingelaufen und die Rathausstraße füllte sich langsam mit den ersten Landgängern. Der große Blonde erreichte seine Unterkunft im Märchenhaus und schloss sein Appartement auf. Er setzte sich ans Fenster und schaute raus. Gegenüber bei Jimmy's Altstadt Café war noch alles ruhig. Er dachte nach. Nicht alles war ihm bis dato gelungen, er brauchte noch etwas Zeit. Zeit, die Dinge zu Ende zu bringen. Er klappte den Laptop auf und begann zu lesen, klickte sich durch die vielen Dateien und machte sich mehrere Notizen. Sein Auftraggeber hatte ihm klare Anweisungen gegeben. Er selbst hätte diesen Auftrag anders ausgeführt, er selbst hätte keine Gefangenen gemacht. Aber Auftrag war nun mal Auftrag. So sollte es sein. Er ging in die Küche, setzte eine Kanne Kaffee an und steckte sich eine Zigarette an. Er wollte nichts dem Zufall überlassen, keine Spuren hinterlassen, die am Ende auf ihn hinweisen konnten. Er war perfekt, schon immer. Das wusste sein Auftraggeber, und darum wurde er immer wieder gebucht. Perfekt sein, das war normalerweise seine Berufung. Auch dieser Auftrag war von Beginn an von ihm bis ins Letzte durchdacht worden. Schon die Abholung des alten Plunders aus dem Abbruchhaus war eine hervorragende Inszenierung gewesen. Die drei Bauarbeiter hatten die Finte mit der Abgabe an die Ostfriesische Landschaft zu Beginn zunächst alle geschluckt. Leider war der eine, dieser unsympathische Jento Brunken, schnell hellhörig geworden. Das war schon echt ärgerlich. Einen Batzen Schweigegeld hatte Brunken schon von seinem Auftraggeber erhalten, nun hatte er noch mehr gefordert. „Raffgieriger Arsch", dachte er sich. Er schlürfte seinen Kaffee und schaute wieder aus dem Fenster. Vor Jimmy's Altstadt Café saßen nun mehrere Leute und unterhielten sich. Er bemerkte drei Personen, die sich angeregt mit Jimmy unterhielten. Bei zweien erkannte er Ausbeulungen unter den Jacken, sofort war ihm klar, dass es sich um Polizisten handeln müsste. Einer schaute ständig zum Märchenhaus und starrte zu seinem Fenster. Der Tod von Jento Brunken schlug nun wohl seine ersten Wogen durch die Altstadt, dachte er bei sich und grinste innerlich. Die Blicke dieses Beamten zu seinem Appartement wurden ihm nun aber allmählich lästig und er zog sich erst mal wieder mit dem Laptop in die Küche zurück.

Keine Spur ist auch eine Spur

Etwa fünf Minuten zuvor stolzierte Okko Bruns mit leichten Schritten auf Jimmy's Altstadt Café zu. Lennert und Lana folgten ihm. Vor dem Café stellte Jimmy gerade seine Sitzgarnituren auf und begrüßte die drei mit einem freundlichen „Guten Morgen". „Sag mal Jimmy, du hast doch alles abgeräumt, nachdem der Krankenwagen hier Samstagabend abgefahren war", begann Lana die Befragung. „Ja, klar, der Abend war gelaufen, nach dem Mist hier, und die Gäste flohen ja geradezu. Da habe ich alles aufgeräumt, und als eure Kollegen von der Spurensicherung kamen, war nichts mehr da. Ich räume ja auch Stühle und Tische ein, das wisst ihr ja, muss sein", antwortete er. „Ist dir denn irgendetwas aufgefallen, was an dem Tisch von diesem Jento Brunken anders war, denke bitte eben nach, alles ist wichtig", ergänzte Lennert Jakobs. „Nein, seine Kollegen waren ja vor ihm gegangen und sein halber Kuchen und ein Rest im Glas stand noch auf dem Tisch, er konnte es ja nicht mehr essen", grinste Jimmy verstohlen. „Wie, da stand noch was auf dem Tisch bei ihm?" fragte Okko schnell nach. „Ja, klar, er hatte ein Stück Knüppeltorte bestellt und einen Whisky, einer von vielen vorher, und die Torte hat er dann ja wohl nicht mehr ganz aufgegessen, aus Gründen, die wir ja nun alle kennen", gab Jimmy zu. „Okay, wer war bei ihm am Tisch, kennst du die Namen?" fragte Lana weiter. „Nein, die kenne ich nicht. Zwei Männer, die wohl schon mal hier waren, aber Jento kam regelmäßig, die anderen beiden nicht, die kenne ich nicht persönlich", entgegnete Jimmy. „Okay, wir werden in seinem Umfeld recherchieren, die werden wir finden", nickte Okko zuversichtlich allen anderen zu. Die drei Beamten wollten gerade aufstehen, als Okko sich noch einmal Jimmy zuwandte. „Warte eben Jimmy. Du sagtest doch, er hatte einen Rest auf dem Tisch stehen lassen, oder?" Okko schaute Jimmy fragend an. „Ja, das sagte ich doch, ein Rest Ostfriesischer Knüppeltorte und etwas Whisky im Glas", antwortete Jimmy. „Was hast du damit gemacht, Jimmy?" sprudelte Okko die Frage raus. „Na, die Reste esse ich immer zum Frühstück Okko, die spare ich mir für den nächsten Morgen auf", lachte Jimmy die drei Beamten an. „Jimmy, das ist kein Witz, wo sind die Reste geblieben?" hakte Okko eindringlich nach. „Mann, Okko, du stellst komische Fragen! In den Müll natürlich, Rest Whisky in den Abfluss, Torte natürlich in den Mülleimer, wat denn sonst?" lachte Jimmy ihn nun lauthals an. „Okay, der Müll kommt morgen Abend an die Straße, wird hier dienstags abgeholt, heißt: der Tortenrest ist jetzt definitiv noch hier im Hausmüll, wenn wir Glück haben. Jimmy, ich muss wissen, wo der Müll steht", fügte Okko die Fakten blitzschnell zusammen. „Ich rufe die Spurensicherung an, sie sollen hier noch mal herkommen", Lana griff zum Handy und wählte eine Nummer. Okko war schon mit Jimmy ins Café gesprintet, um den Müll vom Vorabend zu sichten. Lennert setzte sich vor das Café und wartete auf Lanas Gesprächsergebnis mit der Spusi. Er sah das Märchenhaus gegenüber und erblickte das Gesicht eines Mannes in einem der Fenster.

Lennert überlegte kurz und schaute noch mal genau hin. Das Gesicht war verschwunden. Diesen Mann hatte er gestern Abend doch auch hier gesehen, er hatte drei Tische weiter gesessen. Der beobachtende Blick des Typen war ihm irgendwie im Gedächtnis geblieben. In diesem Moment kam Okko triumphierend aus dem Café. „Wir haben den Müll, Chaka, wir haben ihn!” grinste Okko. „Die Spusi ist unterwegs, Okko, sie ist in einer halben Stunde vor Ort”, erwiderte Lana. Okko setzte sich zu Lennert und schaute ihn an. „Was ist los, freust du dich nicht, vielleicht haben wir gleich die ‚Tatwaffe‘, nu lach doch mal”, stupste er Lennert an. „Alles gut, klar freue ich mich, aber ich habe gerade einen Typen in dem Haus gegenüber gesehen. Der war gestern Abend auch hier, und irgendetwas sagt mir, wir sollten den mal unter die Lupe nehmen”, gab Lennert zurück. „Wieso meinst du das, hat er sich gestern Abend nicht benommen?” fragte Okko. „Doch, benommen schon, aber nenne es Intuition, der ist mir nicht geheuer, ich werde zunächst mal seine Identität klären lassen”, entgegnete Lennert. „Mach das, aber wir können nicht jeden Touristen in Leer festnehmen, der hier mal drei Tage wohnt, dann wäre die Stadt leer”, lachte Okko ihn an. Kurze Zeit später erreichte die Spurensicherung den Tatort, ein zweites Mal an diesem Sonntagmorgen. Binnen weniger Minuten wurde der Rest der Ostfriesischen Knüppeltorte im

Müll gefunden. Das Gute an einer Knüppeltorte ist halt die Konsistenz, knüppelhart. Somit konnte der vermutete Rest von Jento Brunkens Stück schnell identifiziert und gesichert werden. Die Analyse sollte dann später im Labor erfolgen. Lana und Okko unterhielten sich noch mit Jimmy, während Lennert das Märchenhaus gegenüber anvisierte. Er schaute durch das Fenster der vorderen Ferienwohnung und erblickte einen Laptop auf dem Tisch. Eine brennende Zigarette lag im Aschenbecher, da musste gerade noch jemand geraucht haben. Lennert drehte sich um und ging wieder auf das Altstadt Café zu. Er setzte sich wieder zu seinen Kollegen. „Ich werde die Besitzerin des Märchenhauses kontaktieren und mir die Daten der Gäste geben lassen. Ich will wissen, wer da unten wohnt und was der hier macht", informierte er Lana und Okko zielstrebig. „Lennert, verrenne dich nicht in absurde Theorien. Der Täter ist zu fünfundneunzig Prozent aus dem Umfeld des Opfers, das ist fast immer so", entgegnete ihm Okko. „Egal, ich will die fünf Prozent dann auch ausschließen", antwortete Lennert und bestellte sich nun ein Kännchen Tee. Okko und Lana saßen schon vor einer großen Kanne und schlürften genüsslich. „Okay, Lennert, mach das, wir fahren nun in die Wohnung von Jento Brunken, schauen uns dort mal um", nickte Okko. Lana stimmte ihm zu und bezahlte die Getränke.

Untertauchen

Der Kopf schmerzte immer noch. Siefke Radke hatte sich in seine Wohnung in Jemgum geschlichen und erst mal lange heiß geduscht. Er war noch immer sauer über sich selbst, weil er auf Jento reingefallen war. Alle Bilder auf seinem Handy waren von Jento gelöscht worden. Dieses Mega-Arschloch hatte ihn schon am Tag des Fundes in dem alten Haus hintergangen. Es hatte etwas gedauert, aber dann war ihm sofort klar geworden, dass Jento ihn hochgradig verarscht hatte. Wer wusste aber nun noch von alledem? Und wer hatte ihn in der Wohnung von Jento überhaupt niedergeschlagen? Wer zog Nutzen aus Jentos Wissen, außer ihm? Fragen über Fragen. Siefke brummte zunehmend der Schädel. Er musste an diese Karte von der Volnesborch kommen. Irgendwo mussten doch auch die anderen Fundsachen hingebracht worden sein. An eine Übergabe an die Ostfriesische Landschaft glaubte er nicht mehr. Radke dachte an den Typen mit dem Caddy, der von Jento bestellt worden war. Vielleicht nur eine Inszenierung von Jento, oder war das wirklich der Auftraggeber aus Göttingen? „Was mag dieses alte Schwert wohl wert sein?" dachte er sich. Und dann die Karte mit den Markierungen, Siefke schäumte vor Wut. „Dieser Drecksack, Jento", dachte er und schlug mit der Faust in den Spiegel im Badezimmer. Der Spiegel zerbrach in tausend

Teile und Siefke zog sich eine deftige Schnittwunde an der rechten Hand zu. Er schrie kurz auf und rannte in die Küche. Schnell wickelte er ein Küchenhandtuch um seine Hand. Erst mal krankmelden, untertauchen und Gedanken sammeln und dann...... handeln. Schnell handeln.

Der Einbruch

Das wundervolle Dorf Detern liegt in der Gemeinde Jümme. Vorbei an der Burg Stickhausen, biegt man nach der Brücke rechts Richtung Detern ab. Die malerische Umgebung verzaubert mit ihren schick geklinkerten Häusern, teils noch mit kleinen Fenstern nach vorne und natürlich mit den vielen historischen Hinweisen an den Straßennamen. Biegt man kurz hinter Detern rechts in eine Straße ab und fährt über die kleine Brücke, kommt ca. einen Kilometer weiter am Straßenrand ein kleines Schild mit der Aufschrift „Deterner Schanze".
Detern war zur Zeit der Kriege zwischen den ostfriesischen Häuptlingen ein Schauplatz eines grausigen Ereignisses: Am 27 September 1426 besiegte hier ein bäuerliches Heer unter den ostfriesischen Häuptlingen Focko Ukena und Sibet von Rüstringen, das Heer von Ocko II. tom Brok und seinem verbündeten Heer aus Oldenburg, sowie dem Erzbischof von Bremen und dem Grafen von Hoya, Diepholz und Tecklenburg, welche Detern

zu der Zeit belagert hatten. Dieser Sieg der Ostfriesen läutete zugleich auch den Beginn des Zerfalls der Herrschaft der tom Broks in Ostfriesland ein. Sie hatten lange Zeit weite Teile Ostfrieslands und sogar kurz Groningen in den Niederlanden regiert. Dieser Krieg an der Deterner Schanze war einer von vielen blutigen Auseinandersetzungen in Ostfriesland, der in die Geschichte einging und viele Tote und Verwundete forderte.
Lana Booken und Okko Bruns bogen gerade in den Französischen Weg in Detern ein und blieben vor Jento Brunkens Wohnung stehen. „Schöne Häuser hier, Okko", Lana fühlte sich hier so richtig wohl. „Ja, Detern ist ein wunderschönes Dorf, ich mag diese Dörfer mit ihrer langen Geschichte", bestätigte Okko Lanas Empfindungen. „Wieso steht die Tür denn auf", wunderte Lana sich und zog sofort ihre Pistole. Okko ging rechts von ihr in Deckung und sicherte sie. „Sollen wir Verstärkung anfordern?" flüsterte Lana ihrem Chef zu. „Nein, wir gehen jetzt rein", erwiderte Okko zielstrebig und ging zwei Schritte weiter rechts an die Eingangstür. Lana sprang in den Hausflur und Okko folgte ihr blitzschnell. „Gesichert!" rief Lana aus Brunkens Büro. „Gesichert", bestätigte Okko aus dem Schlafzimmer. Die beiden Beamten sicherten Raum für Raum und trafen sich in der Küche von Jento Brunken. „Ruf die Spusi an, hier ist definitiv eingebrochen worden, hier liegt ja alles wild am Boden",

schaute Okko sich um und schüttelte den Kopf. „Wer hat hier denn wohl gewütet?" Okko sah in dem Moment einen Blutfleck auf dem Boden und an einer Tür. „Scheiße, Mann, hier ist Blut", schaute Okko Lana erschrocken an. „Ja, Mist, aber hier ist keiner, wir haben jeden Raum gesehen, ich schaue noch mal in den Garten", Lana ging mit vorgehaltener Pistole durch die Hintertür in den Garten. Okko folgte ihr und sicherte den Garten nach links und rechts, blitzschnell drehte er sich erfahren in die Runde und sicherte so auch den Rückweg ins Haus. Nachdem beide den Garten gründlich abgesucht hatten, sicherten sie ihre Pistolen wieder und gingen zur Küche zurück. Lanas Handy klingelte. „Hey Lennert, wo bist du?" fragte Lana aufgeregt. Lennert hatte das Ergebnis der Untersuchung des Knüppeltortenrests bekommen, sie war eindeutig mit Morphin versehen. Mehrere Einstiche in dem Rest der Torte konnten nachgewiesen werden. Somit stand die „Tatwaffe" fest und es handelte sich um eine vorsätzliche Tat. Das Labor konnte zugleich feststellen, dass das Morphin kurz bevor Brunken das Stück aß, in die Torte gelangt sein musste. Anhand der Ausbreitung der giftigen Flüssigkeit hatte das Labor den ungefähren Zeitpunkt berechnen können. Somit konnte Jimmy, bzw. der Tortenbäcker, als Täter klar ausgeschlossen werden. „Okay, das wissen wir nun dank dir. Wir sind gerade in Brunkens

Wohnung, hier ist eingebrochen worden, außerdem ist Blut in der Küche und an der Tür. Die Spusi muss hier sofort her", erwiderte Lana nach Lennerts Information aus dem Laborbericht. Okko suchte im Büro in den Schubladen nach brauchbaren Hinweisen, fand ein paar Jetons aus einer Spielbank, zwei Schachteln Zigaretten, die Quittung eines Gewinns, haufenweise Kartenspiele und Lohnabrechnungen eines ansässigen Unternehmens. Der Aschenbecher quoll über. Aber eben kein Handy, kein Laptop, keine Unterlagen, die weiterhelfen konnten. „Wir sind hier erst mal fertig, Lana, wir lassen die relevanten Sachen durch die Spusi prüfen und archivieren", Okko sah nach draußen und begrüßte die Kollegen der Spusi, die gerade eintrafen. „Moin und herzlich willkommen", grinste Okko die Kollegen freundlich an und fiel wie gewohnt mit der Tür ins Haus. „Wir benötigen schnellstens die Auswertung des Blutes in der Küche." „Ja, klar, schnell, am besten gestern und möglichst detailliert, wissen wir Okko, wir kennen dich ja", erwiderte Kollege Janssen von der Spurensicherung. „Ich stelle fest, wir verstehen uns wie immer", grinste Okko Bruns zurück und überließ den Kollegen das Haus. Lana und Okko setzten sich in ihren nagelneuen VW Passat GTE und fuhren zurück nach Leer. Auf der Rückfahrt nach Leer fasste Okko Bruns die bisherigen Ergebnisse noch mal zusammen. „Also Lana, ich versuche nun mal alles zusammenzufassen, hör mir bitte gut zu und ergänze oder berichtige, wenn etwas fehlt.” Lana nickte ihm zu, musste sich gleichzeitig aber auf das Autofahren konzentrieren. „Jento Brunken wurde am Abend des 7. August 2024 in Jimmy‘s Altstadt Café vergiftet. Er saß mit mehreren Freunden an einem Tisch und feierte ausgelassen. Das Gift wurde vermutlich mittels einer Spritze in die Torte injiziert. Wir kennen noch nicht die Namen seiner Freunde, wir kennen noch kein Motiv. Wir wissen nun aber, dass er für ein Bauunternehmen gearbeitet hat, das unter anderem auch Abbrucharbeiten erledigt”, fasste Okko zusammen. Lana nickte. „Wir wissen, dass Brunken Herzprobleme hatte. Er hat keine Familie, wohnt alleine, trinkt gerne und raucht Kette. Zudem scheint er zu spielen, im Büro lagen diverse Kartenspiele, Jetons und die Quittung über einen Gewinn am letzten Donnerstag”, fügte Okko hinzu. Jana nickte ein zweites Mal. „Wir brauchen also erst mal ein mögliches Motiv, die Namen der Freunde vom Samstagabend und Auskünfte über die auf der Quittung verzeichnete Spielbank, sowie eine Auskunft von seinem Arbeitgeber, dann sind wir ein gutes Stück weiter”, beendete Okko seine Zusammenfassung. Lana schaute kurz nach rechts, in Richtung Okko. „Ja genau, Okko, ganz einfach, schwubs haben wir den oder die Täter/in!” Lana konnte sich die Portion Sarkasmus nicht verkneifen. Es sah doch alles so einfach aus. „Willst du mich nun verarschen, du Schnösel?” wetterte Okko Bruns Lana an. „Nein, absolut nicht, Okko, aber im Ernst, wir haben eigentlich nichts”, grinste Lana kleinlaut zurück. „Du hast aber einen Aspekt vergessen, Okko”, warf Lana noch ketzerisch nach. „Welchen?” polterte Okko. „Du hast Lennerts Beobachtung vergessen, den Typen, der im Märchenhaus gegenüber von Jimmy‘s Altstadt Café wohnt und Lennert aufgefallen war”, stichelte Lana. „Papperlapapp, das sind doch Hirngespinste. Lana, hör mir auf mit dem Scheiß, Lennert verrennt sich da!” Okko wurde nun laut. „Ist ja gut, Okko, ich wollte es nur der Vollständigkeit halber erwähnen”, gab Lana zögernd nach. Okko murmelte noch einen Fluch in seinen Bart, musste Lana aber Recht geben, es war zumindest eine weitere Spur, wenn auch eine sehr vage. Lana bog zum Polizeipräsidium Leer ein und stellte den Passat ab. Im Eingang kam Maria Rossi den beiden entgegen. „Wie sieht es aus Herr Bruns, was gibt es Neues?” Rossi wippte wieder mit ihrem Dutt. „Frau Rossi, wir waren in der Wohnung von Jento Brunken, dort wurde eingebrochen und wir haben Blut gefunden. Die Spurensicherung ist vor Ort, und nun müssen wir die Ergebnisse abwarten”, beantwortete Bruns brav die Frage und musterte Maria Rossi von unten bis oben. Sie trug einen kurzen Rock, wieder hochhackige Schuhe und machte eigentlich einen sehr attraktiven Eindruck. Rossi fiel das sofort auf und sie blitzte mit einem giftigen Blick zurück. „Hatten Sie noch nie eine Chefin, Herr Bruns?" Maria Rossi baute sich vor Bruns auf und schaute ihn mit ihrem stechenden Blick tief in die Augen. „Ähh, nee, ähh jedenfalls keine wie Sie", Bruns fing sich blitzschnell wieder ein und konterte geschickt zurück. „Gewöhnen Sie sich daran, Bruns, Sie werden hier sonst nicht alt", gab Rossi giftig zurück und drehte wieder ab. Mit schnellen Schritten verließ sie den Flur in Richtung Büro. Okko Bruns wollte noch etwas sagen, aber ihm blieb der Satz im Hals stecken. „Diese kleine fiese Schleuder", dachte er und wandte sich nun Lana wieder zu. „Hole dir bitte Informationen von Brunkens Arbeitgeber und von der Spielbank, ich brauche schnell Antworten. Wir müssen wissen, mit wem er zusammengearbeitet hat und ob es irgendwelche möglichen Motive im Umfeld oder bei der Arbeit gibt. Ich glaube nicht an einen Märchenprinzen aus dem Märchenhaus", Okko redete ohne Luft zu holen. „Alles klar, mache ich Okko, ich spreche vorher noch eben mit Lennert, was er in Erfahrung bringen konnte", klopfte Lana ihm auf die Schulter. „Vergiss den Märchenheini", gab Okko Lana mit auf den Weg.

Karl Laumeier

Der große Blonde saß am Museumshafen in der Altstadt Leer und schaute auf das Wasser. Er dachte über seinen Auftrag, sein Leben und all seine Vergehen nach. Er hatte schon viele Namen gehabt, mit bürgerlichem Namen war er mal als Friedrich Bakus in Dinslaken geboren, seine kriminelle Karriere hatte er aber schon im Alter von 12 Jahren begonnen: Diebstahl, Erpressung, Körperverletzung, Urkundenfälschung und diverse andere Delikte gingen auf sein Konto. Zweimal hatte er eingesessen, zweimal hatte er somit schon gebüßt. Aktuell war er nun mit dem Namen Karl Laumeier unterwegs. Klang irgendwie sehr vertrauenswürdig, fand er. Er hatte sich eine Pommes mit Kibbelinge in einem beliebten Schnellrestaurant an der Ecke Rathausstraße gegönnt, das sogar als Kulisse für eine Apotheke in einer bekannten Krimiserie diente. Welch Ironie, dachte er bei sich, Kriminalität so nahe, mal real, mal fiktiv. Er hatte schon viele Deals hinter sich. Der aktuelle beschäftigte ihn nun aber zusehends mehr, als ihm lieb war. Er sollte hier in Leer Spuren beseitigen, Neugier verhindern und eben auch Spuren drumherum. Das hatte er auch gemacht. Der Fund lag nun wohlbehütet in Göttingen, er hatte alles dorthin bringen lassen. Und Jento Brunken……. ja, der war nun ja Geschichte. Was ihm nicht passte, war dieser komische Siefke Radke. Nach Durchsicht der Notizen und Dateien von Brunken war ihm klar geworden, dass Radke zu viel wusste und vielleicht noch etwas in der Hand hatte, das er noch nicht kannte. Der dritte Kollege Ukko Brahms schien unwissend und naiv zu sein. Brunken hatte ihn nur als Kollegen erwähnt, jedenfalls hatte Laumeier nichts anderes gefunden. Aber Radke, der ging ihm nicht aus dem Kopf. Und letztlich natürlich auch der grandiose Fund im alten Abbruchhaus in der Altstadt. Laumeier war zudem müde geworden, müde in den letzten Jahren. Von Auftrag zu Auftrag zu hetzen, ja, er war noch immer perfekt, ja, er war noch immer ganz genau, in allem was er tat. Aber er mochte dieses ständige Wechselspiel nicht mehr. Immer wieder in neue Rollen zu schlüpfen, immer wieder neue Identitäten anzunehmen, immer wieder Abflug und tief ducken, dann auf Befehl wieder auftauchen und agieren. Genau gesagt, er hatte es satt, Befehlsempfänger zu sein und dazu immer unterwegs. Insgeheim sehnte er sich nach einem Platz wie hier in Leer, ein ruhiges kleines Städtchen mit diesem besonderen Charme. Seit er nun hier war, wurde ihm das immer bewusster. Aber dazu gehörte natürlich ausreichend Geld, Penunzen, und zwar so viel, um sich zur Ruhe zu setzen. Gerade hier am Alten Hafen an der Waage wurde ihm das alles nun bewusst, und er traf hier eine Entscheidung, eine Entscheidung für sein weiteres Leben. Was wäre, wenn er diesen Radke eben mal ausfindig machen und ihm auf den Zahn fühlen würde? Er schätzte Radke eher als dumm ein aber er war hier ortskundig. Der Erlös eines möglichen Schatzes an der alten Volnesborch in Holte und sein Erspartes, könnte Laumeier schon bald dazu verhelfen, sich hier niederzulassen. Hier in Leer, hier eine neue Heimat und endlich ankommen. Leer war beliebt und gerade in den letzten Jahren tüchtig gewachsen. Zudem war ja noch Geld zu Jento Brunken unterwegs. Sein Auftraggeber aus Göttingen wusste ja noch nichts von Jento Brunkens Tod. Und dessen Laptop, und somit auch seine Kontenübersicht, waren nun gerade gut bei ihm aufgehoben. Dazu kam noch der Lohn für seinen Auftrag. Die Idee manifestierte sich bei Laumeier im Kopf. Er musste Radke finden und ihn aushorchen. Radke wäre nicht in Brunkens Haus eingebrochen, wenn er dort nichts vermutet hätte. Und somit war klar, Radke wusste etwas, vielleicht auch etwas zu viel. Laumeier verputzte seine Portion Pommes mit Kibbelinge und machte sich auf den Weg in sein Domizil, das Märchenhaus in der Altstadt. Zunächst wollte er noch mal alle Fakten zusammenbringen, die Dateien auf dem Laptop durchgehen und das Handy von Brunken nach den Kontakten und Adressen durchstöbern. Sobald eine zweite Zahlung auf Brunkens Konto einginge, würde er in Göttingen anrufen und Brunkens Tod vermelden. Er war nun mal genial, er Karl Laumeier, alias Friedrich Bakus, war schon immer ein Schachspieler gewesen, immer drei Züge im Voraus. Nun spielte er sogar auf zwei Tischen, bluffen, tarnen, verpissen und dann wieder zuschlagen. Das konnte er.

Baustelle Altstadt

Wieder mal ein Morgen, wieder mal eine langweilige Aktion, dazu noch ganz alleine. Ukko Brahms schaute auf das große Anwesen in der Altstadt Leer. „Eigentlich viel zu schade, so ein historisches Gebäude dem Erdboden gleichzumachen", dachte er bei sich und öffnete die große Hecktür seines Transporters. Er holte seinen Werkzeugkoffer, eine Schaufel und einen Vorschlaghammer aus dem Laderaum und lief mit schnellen Schritten auf den Vordereingang des Hauses zu. Die Nachricht von Jento Brunkens Tod hatte ihn schwer getroffen. Jento war zwar ein Hitzkopf und Egoist ohne Gleichen, aber Ukko hatte trotzdem gerne mit ihm zusammengearbeitet. Kompetent, ja, auch kollegial in gewisser Hinsicht, und immer nach vorne schauend, quasi immer ein, zwei Schritte voraus, wenn es sich um schnelle Entscheidungen handelte. Nicht selten hatten Jento und seine beiden anderen Kollegen, ihn und Siefke Radke aus der „Scheiße" geholt, wenn mal wieder etwas schiefgelaufen war. Als Gruppenführer stand Jento stets hinter seinen Kollegen. Ukko öffnete nachdenklich die Eingangstür und schaute auf die Uhr. Wo blieb nur Siefke Radke, er war sonst immer pünktlich, kam selten vor, dass Ukko vor Siefke auf der Baustelle war. Ukko nahm sein Handy und wählte Siefkes Nummer nun zum dritten Mal heute. Wieder nur die Mailbox, keine WhatsApp, keine Nachricht. Ukko machte sich Sorgen, er wollte heute auch mit Siefke über die Beerdigung von Jento Brunken sprechen, einen Kranz oder eine Schale als gemeinsame Beileidsbekundung bestellen. Und da war natürlich die Sache mit seinem Vorgesetzten, beide müssten einen halben Tag Urlaub haben. Ukko war sich sicher, dass das zu herben Diskussionen führen würde. So war er heute erst mal ganz alleine hier und baute seinen Baustrahler auf, begab sich in den Heizungsraum, dort waren nach dem Fund noch Restarbeiten zu erledigen. Irgendwie hatte er ein merkwürdiges Gefühl im Bauch, als er den Bohrhammer zum Lösen der letzten Verankerungen ansetzte.

Spürnase

„Hey Lennert, hab dich schon überall gesucht, wie sieht es aus, konntest du etwas in Erfahrung bringen?" Lana traf Lennert Jacobs im Eingangsbereich der Polizeiinspektion Leer. „Lana, du wirst es nicht glauben, Lennert hat nun mal eine gute Spürnase”, sprudelte es aus ihm heraus und dabei klopfte er sich zart auf die eigene Schulter. „Erzähl, was hast du erfahren?” bohrte Lana nach und stupste Lennert neckisch an. „Also, ich habe doch gesagt, dass mir am Samstag ein Typ im Altstadt Café aufgefallen ist, der mir irgendwie komisch vorkam. Hatte Samstag nicht mehr dran gedacht, aber gestern kam mir das wieder in den Sinn”, begann Lennert aufgeregt zu erzählen. „Ja, ich weiß, Okko wollte davon nichts wissen, du wolltest trotzdem schauen”, bestätigte Lana. „Genau, ich habe ihn gestern ja am Fenster vom Märchenhaus gesehen, die Zigarette qualmte noch im Aschenbecher. Wenn jemand so schnell verschwindet oder sich verdrückt, ist meistens etwas faul”, erzählte Lennert weiter. „Okay, kann, aber muss nicht, vielleicht musste er mal für kleine Jungs”, grinste Lana. Lennert schüttelte den Kopf. „Nee, nee, mag alles sein, aber nachdem ich nun von der Besitzerin den Namen des Typen bekommen und ihn durch unser Raster laufen habe, weiß ich, dass da etwas faul ist, der Typ ist nicht echt, glaub‘s mir”, gab Lennert beschwörend zurück. „Wie heißt der denn nun?” fragte Lana aufgeregt. „Sein Name ist Karl Laumeier. Laut Register kommt er aus der Nähe von Bochum, aber dort gibt es keinen lebenden Karl Laumeier. Es gab dort einen, der ist vor zwei Jahren gestorben, ich habe das wirklich alles genau überprüft", bekräftigte Lennert seine These. „Was willst du denn nun unternehmen, Lennert, ist ja erst mal ein vager Verdacht und du weißt, Okko wollte davon nichts hören", reagierte Lana zögerlich. „Vielleicht sollte ich direkt zu Rossi gehen und den Verdacht äußern", grinste Lennert. „Dann hast du einen Feind fürs Leben, Lennert, Okko wird dir das nie verzeihen", lachte Lana und stupste Lennert erneut an. „Ich weiß Lana, aber wir beide können uns ja neben den offiziellen Ermittlungen ein bissel umschauen. Okko muss ja nicht alles wissen, bist du dabei?" grinste Lennert. „Okay Lennert, weil ich dich wirklich sehr mag. Wenn das in die Hose geht, haben wir beide ein Verfahren an der Backe, aber no Risk, no Fun, ich bin dabei", stupste Lana ihn nun zum dritten Mal an. Die beiden Polizisten hakten sich fröhlich ein und gingen in ihr Büro. Auf dem Weg trafen sie Kriminalrätin Rossi. „Guten Morgen, Sie sehen ja fröhlich aus, kann ich mitlachen, was macht der aktuelle Fall, sind wir nun ein kleines Stückchen weiter?" Rossi wirkte wie immer schnippisch und ungeduldig. „Ja, wir haben nun die Namen der Arbeitskollegen von Jento Brunken und seinen Arbeitgeber ermittelt, der war sehr hilfsbereit. Alle drei waren aktuell an Abbrucharbeiten eines alten Anwesens in Leer beteiligt, wir bestellen die beiden Kollegen in die Inspektion", antwortete Lana brav. „Gut so, gut so.

Ich habe eine Presseerklärung erst mal abgelehnt und auf laufende Ermittlungen verwiesen. So wirklich viel könnten wir ja auch nicht berichten", antwortete Rossi nachdenklich. „Wir melden uns sofort, nachdem wir neue Erkenntnisse haben", versprach Lennert schnell. „Das will ich Ihnen auch geraten haben, ich will jeden Schritt, jedes Detail von Ihnen", gab Rossi zurück und stolzierte mit schnellen Schritten an den beiden vorbei. „Ich mache uns nun erst mal eine frische Kanne Tee, Lana, das hilft beim Denken. Und da Okko nicht da ist, haben wir nun auch eine gute Chance auf drei Tassen für jeden", lachte Lennert und stolzierte durchs Büro in die Küche. „Gut so, ich rufe die beiden Arbeitskollegen von Brunken an und bestelle sie hier ein", entgegnete Lana und griff zum Telefon.

Besuch auf der Baustelle

Ukko hatte die Restarbeiten im Heizungsraum des alten Anwesens gerade beendet, als er plötzlich ein Kratzen oder Schlieren hörte. Er erschrak und schaute vorsichtig aus dem Heizungsraum auf den Flur. Er hörte Schritte, sah aber zunächst niemanden. War es Siefke, der vielleicht verschlafen hatte oder krank war und nun absagen wollte? Ukko bewegte sich vorsichtig aus dem Heizungsraum auf den Flur und ging langsam zum Ausgang. Links von ihm ging blitzschnell die Küchentür auf und eine Frau mittleren Alters mit dunkler Sonnenbrille baute sich vor ihm auf. Ukko blieb wie erstarrt stehen. Er zitterte am ganzen Körper. „Guten Tag, haben Sie einen Geist gesehen, oder warum zittern Sie so?” fragte die Frau mit einer freundlichen und sanften Stimme. „Nee, äh, nee, natürlich nicht, aber wer zum Kuckuck sind Sie, und was machen Sie hier auf der Baustelle? Hier ist Unbefugten das Betreten verboten”, erwiderte Ukko zögerlich und noch immer etwas ängstlich. „Ich bin aber nicht unbefugt, das nur vorweg. Mein Name ist Greta Hanssen und ich komme von der Ostfriesischen Landschaft in Aurich”, gab die Frau lächelnd von sich. Ukko erstarrte erneut. Ostfriesische Landschaft, Schwert, Fund, Jento, Anruf…Ukko platzte nun der Kopf sprichwörtlich. „Aber Sie waren doch schon hier, Frau Hanssen, letzte Woche”, entgegnete Ukko nun etwas sicherer. „Wir nicht, von uns war keiner hier, wie kommen Sie denn darauf? Wir haben letzte Woche eine Nachricht vom Vorbesitzer des Hauses bekommen, hier noch mal zu schauen, bevor das Haus abgebrochen wird. Es hat wohl eine lange Geschichte, hat er uns erzählt”, antwortete Greta Hanssen. „Aufgrund unserer Recherche beschlossen wir zunächst davon abzusehen, aber dann gab es eine Anfrage bezüglich eines historischen Fundes in Leer und ob etwas bei uns abgegeben wurde. Wir hielten Rücksprache mit der Stadt und dem Denkmalschutz und entschieden uns jetzt für einen sofortigen Abbruch-Stopp des Hauses, da wir uns das Haus nun intensiv ansehen wollen“, fuhr sie fort. „Abbruch-Stopp? Wir rücken morgen an, Frau Hanssen, morgen kommen die Bagger, ich mache hier nur noch die Restarbeiten und wollte gerade meinen Chef anrufen”, Ukko war nun außer sich. „Sie machen hier erst mal gar nichts mehr. Bis auf Weiteres wird hier nichts abgebrochen, ich informiere sofort unseren archäologischen Dienst und dann ist das hier Sperrgebiet. Bis wir fertig sind, packen Sie nun bitte Ihre Sachen und melden sich bei Ihrem Vorgesetzten zurück, danke schön!” die Stimme von Hanssen wurde nun laut und bestimmt. „Okay, wie Sie meinen, ich packe ein, viel Erfolg beim Buddeln”, Ukko fühlte sich nun sicherlich unwohl. „Ach, Entschuldigung, ich habe noch eine Frage, Herr....?” Greta Hanssen stellte sich noch mal vor Ukko auf. „Brahms, Frau Hanssen, Ukko Brahms ist mein Name.“ „Okay, Herr Brahms, waren Sie letzte Woche auch hier an den Vorarbeiten zum Abbruch beteiligt?” Hanssen fragte bestimmt aber freundlich. „Ja, mit zwei weiteren Kollegen, warum wollen Sie das wissen?” Ukko ahnte Böses. „Haben Sie hier etwas gefunden, irgendetwas Altes, vielleicht etwas Historisches?” bohrte Hanssen weiter. „Nun hören Sie mal gut zu Frau Hanssen: Ich bin Bauarbeiter, die olle Butze hier war voller Trödel, Schiet un Dreck, die drei Container stehen noch draußen im Garten, wühlen Sie solange Sie möchten, aber alles schön wieder rein in die großen Behälter. Ich habe von Historie und Geschichte wenig Ahnung, ich erfülle Aufträge meines Unternehmens, also lassen Sie mich damit in Ruhe", redete und log sich Ukko in Rage. Frau Hanssen stand mit offenem Mund vor ihm und konnte seinen plötzlichen Wandel nicht wirklich verstehen. Ihr fiel aber schon die Verteidigungshaltung auf und „wer sich verteidigt, klagt sich auch an, alte Weisheit", dachte sie bei sich. „Ist ja gut, Herr Brahms, ist ja schon gut, ich hatte Sie ja nur höflich gefragt. Wenn Sie nichts zu verbergen oder nichts gefunden haben, passt das ja alles", Hanssen versuchte nun ein bissel Dampf rauszunehmen, wenngleich sie nun irgendwie noch neugieriger wurde. Ukko schob sie barsch beiseite und ging an ihr vorbei. Binnen zehn Minuten hatte er alles zusammengepackt und verließ die Baustelle mit quietschenden Reifen. Greta Hanssen griff zum Telefon und wählte die Nummer des archäologischen Dienstes der Ostfriesischen Landschaft. Auf der Fahrt zur Firma klingelte Ukkos Handy: „Ja bitte, wer ist da?" Ukko verstand sofort, die Beamtin an der anderen Seite der Verbindung bestellte ihn zu einer Vernehmung in die Polizeiinspektion Leer ein, und das schon nachmittags. In Ukkos Magen machte sich

Unbehagen breit, er musste sehr genau überlegen, was er dort nun aussagen würde. Und Siefke Radke hatte er noch immer nicht erreicht. Er stieß einen kräftigen Fluch aus und bog in die Straße zu seiner Firma ein. Dort erfuhr er dann von Siefke Radkes Krankmeldung. Sein Chef hatte wohl wieder mal vergessen ihn zu benachrichtigen, wie schon so oft, wenn etwas nur für die Mitarbeiter wichtig war.

Geldregen

„Jawoll!!!" schaute Karl Laumeier auf sein Handy und freute sich über den eingegangenen Geldsegen seines Auftraggebers. Ein großer Betrag für wenig Arbeit. So war es gut, so sollte es sein. Er schlenderte ein paar Schritte am Hafen entlang und blieb vor der Gangway der „Warsteiner Admiral" stehen.

Die „Warsteiner Admiral", auch „Ems-Traumschiff" genannt, ein echter Hingucker im Leeraner Hafen, fährt auf den Gewässern der Leda und der Ems. Sie kann für alle Arten von Feiern und Veranstaltungen gechartert werden, zudem gibt es verschiedene eigene Angebote über die in der Altstadt ansässige Reederei. Buffet und Frühstück, sowie eine erstklassige Bewirtung sind seit ganz vielen Jahren routinierte Abläufe. Das Schiff wird viel und gerne gebucht. Bis zu 280 Gäste können hier pro

Ausfahrt bewirtet werden. Majestätisch maritim liegt es an der alten Waage und ist wohl eines der häufigsten „Fotomodelle" der vielen Touristen.
Laumeier sah verträumt auf den Hafen, das Schiff und die vielen kleinen alten Tjalken (friesische historische Transportschiffe). „Hier zu leben, hier zu entspannen, genau das will ich", dachte er, als plötzlich sein Handy klingelte. „Was ist? Wieso Baustopp? Ich habe doch alles geregelt. Quatsch, das ist doch Blödsinn, die Arbeiten gehen doch weiter", Laumeier drückte den Anrufer weg. Innerlich platzte er gerade. Nun, wo er sein Geld bekommen hatte, sollte es einen Baustopp geben, von wem beauftragt, von wem initiiert? Laumeier lief mit hastigen Schritten Richtung Baustelle. Er wollte sich nun erst mal ein Bild vor Ort machen. Ein blauer VW Golf stand vor dem alten Anwesen in der Nähe des Abbruchhauses. Laumeier notierte sich schnell das Kennzeichen des Golfs. Wer, um alles in der Welt, hatte nur Interesse an der alten Butze? Er, Karl Laumeier, hatte doch alle Fäden in der Hand gehabt. Und nun? Er musste überlegen. Wieder klingelte sein Handy. „Was ist denn noch?" Laumeier wirkte mächtig verärgert. Am anderen Ende der Leitung wurde heftig geschrien. Karl Laumeier hielt das Handy in sicherem Abstand zum Ohr. „Zurücküberweisen! Haben Sie einen Knall? Wie bitte? Leck mich am Arsch, du Affe!" Laumeier legte auf, zerriss den Zettel mit der

Autonummer, fummelte die Sim Karte und den Akku aus seinem Handy und steckte beides in die rechte Hosentasche und das Handy in die linke. Er schäumte vor Wut und entfernte sich mit schnellen Schritten von der Baustelle. In der Stadt angekommen, kaufte er sich sofort ein Handy und eine Prepaid-Karte. Er musste heute noch telefonieren können, ja, heute noch. Er legte die Karte in das Handy und ging in seine angemietete Wohnung in der Altstadt.

Nichts wissen ist auch Wissen

Lana Booken saß an ihrem Schreibtisch und wählte zum fünften Mal die Nummer von Siefke Radke, landete aber jedes Mal in der Mailbox. „Hier ist die Mailbox von Siefke Radke, ich weiß nicht, was du gerade so machst, aber ich muss nun mal arbeiten und Geld verdienen, also einfach später versuchen, bis denne". Lana konnte den Spruch schon singen. Lennert kam ins Büro und lächelte Lana kurz zu. „Was macht die Vernehmung?" fragte er interessiert. „Ich kann den Radke nicht erreichen, Ukko Brahms kommt gleich, wolltest du dabei sein?" fragte ihn Lana. „Ja, klar, ich muss noch eben mit Okko telefonieren, er ist immer noch bei Jimmy's Altstadt Café. Er wollte sich noch mal den Tatort und das Umfeld dort anschauen. Kennst ihn ja, er meint dann immer noch wieder etwas zu entdecken, was allen anderen entgangen ist", Lennert lachte Lana zu. „Entschuldigung, draußen wartet ein Herr Brahms, Frau Booken", eine junge Polizeischülerin kam ins Büro. „Ja, top, lassen Sie ihn zu mir kommen", entgegnete Lana erfreut. Ukko Brahms kam ins Büro, er hatte noch Arbeitskleidung an und wirkte sichtlich nervös. „Moin, ik bün Ukko Brahms, ik sull hier antreten", testete er Lana Booken auf Plattdeutsch. „Moin Herr Brahms, bitte setzen Sie sich. Wenn es geht, bitte auf Hochdeutsch, mein Platt ist nicht so gut, außerdem wollen wir das Gespräch aufzeichnen", antwortete Lana höflich. „Na gaud, ik segg aavers futt, dat ik ok platt ut seggen kann, dat steit mi to, rechtlich to mindestens", entgegnete Brahms noch mal auf Platt. „Ich weiß, Herr Brahms, ich finde das ja auch gut. Nur macht es sich halt besser, Hochdeutsch zu sprechen, wenn es sich um eine offizielle Vernehmung handelt", bat Lana noch einmal eindringlich. Lana schaltete das Aufnahmegerät ein und nahm die Personalien auf. „Herr Brahms, sind Sie ein Kollege von Jento Brunken und Siefke Radke?" begann Lana zu fragen. In dem Moment kam Lennert dazu, stellte sich vor und setzte sich neben Lana. „Ja genau, ich weiß nur nicht, was ich hier soll. Wir arbeiten zusammen und das war's. Wir haben keine Gemeinsamkeiten, treffen uns nicht privat und überhaupt, ich kenne Jento nur als

Kollegen und Bautruppen-Leiter", entgegnete Ukko Brahms höflich. „Waren Sie nicht am letzten Samstag mit ihm und weiteren Kollegen oder Freunden in der Altstadt bei Jimmy's?" fragte Lana weiter. „Nee, er war mit Siefke Radke und ein paar Freunden dort. Siefke ist ja wie er, ich aber nicht, und Jento war wohl in Geberlaune, er hat Siefke auf ein Glas eingeladen. Ich gehe zu sowas prinzipiell nicht", antwortete Ukko brav. „Gab es irgendwelche Bekannten im Umfeld von Jento Brunken, die ihn nicht wirklich leiden konnten, gab es Feinde, hat er mal was erzählt?" bohrte Lana weiter. „Gute Frau, ich weiß davon nichts, ich weiß nur, dass Jento spielte, chronisch pleite war und sich ständig Geld für Fluppen lieh, bei mir bekam er nichts mehr. Siefke half ihm ständig, Jento hat ihn ausgenutzt, ich habe Siefke das auch mehrmals gesagt", erwiderte Ukko nun doch sichtlich genervt. „Okay Herr Brahms, wenn Ihnen noch etwas einfällt, melden Sie sich bitte. Sie haben ja mitbekommen, dass Herr Brunken eines nicht natürlichen Todes gestorben ist", beendete Lana nun die Vernehmung. „Ja klar, ich kann lesen, Facebook war voll davon aber ich gebe nichts auf Gerüchte. Offiziell ist ja noch nichts bekannt, wurde ja aus ermittlungstechnischen Gründen ein Deckel drauf gemacht, so stand es in der Zeitung", Ukko stand auf und wollte gehen. „Eine Frage noch, Herr Brahms", Lennert mischte sich nun ein. „Wo arbeiten Sie eigentlich im Moment genau, was ist Ihr aktuelles Projekt oder auf welcher Baustelle sind Sie?" Ukko stockte einen Moment, drehte sich wieder zu den Beamten um und schluckte kurz. Lennert und Lana sahen beide ein erschrockenes Gesicht. „Äh, wir sind gerade in der Altstadt, in der Nähe einer privaten alten Burganlage, aber da ist nun erst mal Schluss", antwortete er zögerlich. „Warum denn das?" hakte Lennert nach. „Weil der Abbruch gestoppt wurde", Ukko wurde rot. „Wissen Sie, warum er gestoppt wurde? Sie sind doch sicher schon länger dort vor Ort?" Lennert bohrte weiter. „Nein, das weiß ich nicht, da müssen Sie meinen Chef fragen, kann ich jetzt gehen?" log Ukko. „Wir melden uns sicherlich noch mal bei Ihnen, Herr Brahms, bis dann", Lennert brach nun ab. Er merkte, dass da irgendwas nicht rund klang. Ukko verließ den Raum mit schnellen Schritten, Lana und Lennert schauten sich an. Nicht das letzte Mal, dass der hier antreten musste, dachten beide gleichzeitig.

Unbekannt

Die Sonne strahlte in Siefke Radkes Wohnzimmer. Seine Wohnung in Jemgum befand sich in einem Zweifamilienhaus. Er war mit seinen sechsundfünfzig Jahren immer noch Junggeselle und in keiner festen Beziehung. Er hatte Frauen gehabt,

ja, auch lose Beziehungen über einen gewissen Zeitraum, aber am Ende hatte es nie für etwas wirklich Festes gereicht. Überhaupt war Siefkes Leben zunächst nur wenig spannend gewesen. Sein Vater betrieb eine Apotheke in Norden, er musste zwangsläufig seine Lehre dort absolvieren, obwohl er überhaupt keine Lust dazu hatte. Ab und zu besuchte er seine Eltern in Norden, aber beruflich hatte er sich sehr schnell umorientiert. Er war nun schon seit fast zwanzig Jahren im Baugewerbe, das lag ihm, und daran hatte er Spaß. Manchmal, wenn alles schief zu laufen schien, wenn alles gegen ihn war, bekam er seine Wut nicht in den Griff. Sicher, er wirkte nach außen naiv und trottelig, darin hatten sich schon viele getäuscht. Im Grunde genommen war er aber stets aufgeweckt, an allem interessiert und lebensbejahend. Die Geschichte der Friesen war sein Hobby.
Er schaute aus seinem Fenster, seine Hand schmerzte immer noch. Die Wunde war mit vier Stichen genäht worden. Radke wollte nicht zum Arzt, nicht jetzt, aber die Wunde war mächtig groß gewesen. Am Ende war er doch zum Klinikum gegangen und hatte sich anschließend krankschreiben lassen. Den ganzen Tag hatte das Telefon geklingelt, ein paar Mal war es Ukko gewesen, er hatte nicht abgenommen. Dann diese Nummer aus Leer, immer dieselbe. Was soll's, er war nun mal krankgeschrieben. Es klingelte schon wieder,

diesmal eine fremde Handynummer. Siefke überlegte kurz, wollte eigentlich nicht rangehen, machte es nun aber doch. „Moin, wer ist da?" Siefke sprach leise. „Das ist vollkommen egal, ich habe etwas, das du gerne haben möchtest, und ich brauche deine Hilfe bei einer Suche bei dem, was ich haben will", die Stimme klang bestimmend und deutlich. Siefke legte wieder auf. Das Handy klingelte wieder. Siefke überlegte nun etwas länger, nahm aber wieder ab. „Nicht so schnell mein Freund, wir können beide profitieren", hörte Siefke die Stimme wieder. „Sag was du willst und labere nicht rum", entgegnete Siefke barsch. „Ganz einfach, ich weiß viel von dir, du aber nicht von mir. Gut daran ist, dass nur ich von dir weiß. Damit das auch so bleibt, schlage ich dir einen Deal vor", die Stimme blieb ruhig und gelassen. Siefke begann zu schwitzen, seine Hände wurden nass und seine Stirn tropfte auch. Wer war das? Was wollte der von ihm und was wusste der? „Okay, dann schieß mal los, erzähl", Siefke wurde nun ruhiger. „Ganz einfach, wir fahren morgen Abend gemeinsam zur Volnesborch in Holte. Vorher treffen wir uns in Holte an der alten Schule, denn das Gelände der Volnesborch ist schwer zu erkennen und du weißt ja, wo das ist.", die Stimme auf der anderen Seite der Leitung blieb gelassen. „Warum?" fragte Siefke kurz ab. „Weil ich etwas über dich weiß, ich sage nur: Samstagnacht lalala! Und ich verspreche dir, dass wir beide profitieren werden“, die Stimme klang nun geradezu belustigt. Siefke versuchte weiterhin ruhig zu bleiben und fragte: „Wann?“ „Lass uns morgen 17:00 Uhr treffen. Und ich sagte doch, ich weiß viel über dich, also sei pünktlich, sonst na ja, du weißt ja: Samstagnacht lalala”. Die Stimme verstummte und legte auf. Siefke bekam ein Würgegefühl im Magen, ihm kam alles hoch. Er rannte durchs Wohnzimmer in den Flur, durch die Küche und wieder ins Wohnzimmer. Plötzlich war es soweit, er musste sich übergeben, er rannte ins Badezimmer und riss den Toilettendeckel hoch und schaffte es noch in letzter Sekunde auf die Knie.

Hätt ich dich heute erwartet

Okko Bruns hatte heute eher Feierabend gemacht, er musste seiner Frau helfen, diverse Kartons und Umzugs-Schmankerl zu ordnen. Eigentlich hasste er solche Arbeiten, aber er war ja schließlich auch die Ursache für den schnellen Umzug von Aurich nach Leer gewesen. Im Grunde wäre Bruns in Aurich gerne alt geworden, aber mit seinem damaligen Chef war er ständig aneinandergeraten, am Ende hatte dieser für eine Versetzung nach Leer gesorgt und seine beiden engsten Mitarbeiter gleich mitversetzt. Aber Leer hatte auch Bedarf, es gab gerade in den letzten Jahren viele Abgänge in

Leer, die sogenannte „Baby Boomer Generation" ging nun allesamt auf Rente. Lana Booken und Lennert Jakobs wollten die verfrühte Abwesenheit ihres Chefs nutzen. Sie begaben sich auf den Weg in die Altstadt zu Jimmy‘s Altstadt Café. Von dort aus wollten sie zunächst mal einen Blick auf das Märchenhaus werfen und dann diesen „Herrn" befragen. „Hallo Jimmy, magst du uns eine Kanne Tee aufsetzen", begrüßte Lana ihn lachend. „Gerne, gerne, ich eile", Jimmy machte eine Kehrtwende und verschwand im Café. Lana und Lennert setzten sich genau gegenüber dem Märchenhaus und schauten auf die Fenster. Beide Fenster waren auf Kipp. Das ließ hoffen. Er könnte dort sein. Jimmy kam mit dem Ostfriesentee raus und deckte für beide ein. Bemerkenswert fand Lana immer, dass es hier Tee im traditionellen Porzellan-Service der Ostfriesen gab. Die Tassen hatten alle eine Blume, das sogenannte Ostfriesen-Muster. Es sah gemütlich und wertvoll aus und das gab es nicht in allen Cafés der Stadt. „Lana, schau mal, der ist zu Hause", Lennert schien einen Schatten hinter dem Fenster gesehen zu haben. „Lass uns austrinken und klingeln", Lennert wirkte ein bissel aufgeregt. „Er ist definitiv zu Hause, ich hab es auch gesehen", bestätigte Lana Lennerts Beobachtung. Jimmy schaute verwundert auf die Uniformen der beiden Polizisten. „Sagt mal, seid ihr noch im Dienst?" fragte er fröhlich. „Jimmy, wir zahlen nachher, wir müssen mal schnell gegenüber etwas schauen." Lana und Lennert standen auf und wechselten die Straßenseite. Beim Märchenhaus angekommen, klingelten sie an der unteren Wohnung, dem „gestiefelten Kater". Jede Wohnung hat hier einen Märchennamen. In der Wohnung tat sich zunächst nichts. Nach ca. drei Minuten hörten die beiden Beamten eine Tür, kurz darauf wurde ihnen beiden geöffnet. „Moin, wir würden gerne kurz mit Herrn Laumeier sprechen, wäre das möglich?" begann Lana Booken die Unterhaltung. „Der steht in voller Montur vor Ihnen, in welcher Angelegenheit bitte?" antwortete dieser mit einem freundlichen Lächeln. „Nun, wir würden gerne Ihre Personalien überprüfen, wenn es Ihnen nichts ausmacht. Reine Routine. Hier wurde am letzten Wochenende eine Straftat verübt und in diesem Zusammenhang ermitteln wir natürlich in alle Richtungen, Herr Laumeier. Also nichts Wildes, reine Routine", unterstützte Lennert Lana. „Das ist kein Problem, warten Sie kurz", Laumeier verschwand in der Wohnung und kam einen Moment später wieder zur Tür. „Bitte schön", Laumeier reichte den beiden Beamten seinen Personalausweis. Lana kontrollierte den Ausweis. Laumeier war also gerade vor zehn Tagen fünfzig geworden. „Dann hatten Sie letzte Woche ja Geburtstag, herzlichen Glückwunsch nachträglich und alles Gute! Ihren Ausweis zurück, danke schön", Lana gab ihm den Ausweis zurück. „Ja, man wird ja nicht jünger", lachte Laumeier und wollte die Tür schon wieder schließen. „Eine Frage noch Herr Laumeier", stellte Lennert seinen Fuß in den Eingang der Tür, sodass Laumeier sie nicht schließen konnte. „Letzten Samstag war hier gegenüber eine Party, waren Sie auch dort?" Lennert sah ihn fragend an. „Ja, ganz kurz auf einen Whisky, musste aber noch zu einem Termin", entgegnete Laumeier höflich. „Ist Ihnen in der Zeit etwas aufgefallen, also irgendeine Unannehmlichkeit oder etwas anderes Ungewöhnliches?" bohrte Lennert weiter. „Nein, nicht, dass ich wüsste, ach einen Moment, ja doch, drei Tische weiter gab es einen Streit zwischen zwei Männern, ich weiß nicht worum es ging aber sie waren sehr laut. Nach einem Wortgefecht wurde es aber wieder ruhig und die Beteiligten feierten gemeinsam weiter", entgegnete Laumeier. „Vielen Dank, Herr Laumeier, Sie haben uns sehr geholfen, einen schönen Aufenthalt in Leer", Lana reichte ihm die Hand. Lennert nickte zustimmend und beide Polizisten wandten sich ab, die Kanne Tee wartete bei Jimmy. „Der hat gelogen, der hat definitiv gelogen, Lennert", polterte Lana aufgeregt. „Er hatte laut Ausweis vor zehn Tagen Geburtstag und ich hatte ihm mit der Gratulation zu letzter Woche eine kleine Falle gestellt. Er hat nicht widersprochen, wusste mit Sicherheit nicht genau was im Ausweis steht und wollte souverän wirken. Der Typ ist nicht echt", polterte sie weiter. „Konntest du erkennen, ob der Ausweis gefälscht war?" fragte Lennert. „Nein, nicht genau, also wenn Fälschung, dann eine sehr gute", erwiderte Lana aufgeregt. Lennert überlegte kurz. „Okay Lana, dann müssen wir Okko informieren und den Laumeier ins Präsidium bestellen. Okko muss nun zugeben, dass es Sinn macht, ihm auf den Zahn zu fühlen. ich hatte Recht, mit dem stimmt was nicht", stimmte er Lana zu.

Schatten am Wilhelminengang

Die Altstadt lag schon in der Dämmerung, die letzten Sonnenstrahlen wurden von kleinen Wolken verdeckt und heute sollte es früh dunkel werden. Laumeier saß im Wohnzimmer im „Gestiefelten Kater" des Märchenhauses und dachte nach. Er schaute auf seinen Ausweis und reflektierte das Gespräch am Nachmittag mit den beiden Beamten. Er hatte einen Fehler gemacht, einen eklatanten Fehler, ihm wurde sofort klar, dass die Beamtin vorhin eine Falle in das Gespräch eingebaut hatte. Sein Geburtsdatum. Wie konnte ihm, Karl Laumeier, so etwas passieren? Er wütete innerlich. Er musste möglichst schnell hier aus dem Märchenhaus weg. Laumeier stürmte ins Badezimmer und packte seine Utensilien ein. Nachdem er auch seine Klamotten, den Laptop und seinen

Mantel eingepackt hatte, begab er sich mit schnellen Schritten zu seinem Auto auf dem Parkplatz am Hafen. Er telefonierte kurz mit der Besitzerin des Märchenhauses, stornierte die folgenden drei Tage Reservierung und entschuldigte sich höflich für die kurzfristige Abreise. Laumeier gab Gas, stellte sein Navi ein und fuhr in Richtung Leerort. Dort hatte er für den Fall der Fälle, er war immer sehr vorsichtig, eine weitere Ferienwohnung gebucht. Den weißen Ford C-Max, der sich hinter ihn setzte, bemerkte er nicht. Schon nachmittags hatte er seinen „Schatten" am Wilhelminengang nicht bemerkt, zu sehr hatte er sich mit Siefke Radke und den Beamten der Polizeiinspektion Leer beschäftigt.

Beim Ostfriesenhof bog er rechts ab und gleich wieder links Richtung Leerort. Er mochte diese malerischen Dörfer.
Leerort ist der kleinste Stadtteil der Kreisstadt Leer. Schon 1435 baute die Hamburger Hanse auf der Landzunge zwischen der Ems und der Leda diese Festung Leerort. Ab 1453 wurde sie dann von den ostfriesischen Grafen zu einer sehr starken Anlage ausgebaut. Sie wurde während der „Sächsischen Fehde" 1514-1517 von den Ostfriesen gehalten. Beim letzten Großangriff der Braunschweiger, kam der Herzog Heinrich von Braunschweig durch das Geschoss eines Ostfriesen zu Tode. Daraufhin zogen die Braunschweiger ab. Leerort war gerettet. Zwischen 1754 und 1760 wurde die Festung schließlich von den Preußen geschleift.[2] Noch heute sind Reste der ehemaligen Festung sichtbar.
Laumeier bog direkt auf den Parkplatz der kleinen Ferienwohnung ein, er hatte sich den Schlüssel bereits zwei Tage vorher besorgt. Der weiße Ford C-Max fuhr an der Ferienwohnung vorbei und drehte am Ende der Straße kurz um, blieb dann auf der Ecke der Straße stehen. Laumeier öffnete den Kofferraum, entnahm seine Sachen und schloss die Tür zur Ferienwohnung auf. Er inspizierte alle Räume und schaute nach Fenstern und wie sie zu

[2] Anm. des Autors: geschleift = nach und nach abgetragen.

öffnen sind. Zufrieden begab er sich ins Wohnzimmer. Er musste schlafen, ausschlafen, morgen würde ein harter Tag werden. Er dachte über die Karte der Volnesborch in Holte nach, über das Schwert und die anderen Dinge. „Was mochte ein so historisches Schwert wohl wert sein?" Laumeier schätzte es auf mehrere hunderttausend Euro. Darüber wollte er mit dem „Göttinger Verein" noch einmal eindringlich reden. Mit diesen Gedanken schlief er ruhig und nahezu traumlos ein.

Okko dreht auf

„Moin, heute wird ein schöner Tag", grinste Okko Bruns Lana Booken zu. Er betrat das Büro, gerade als sich ein kleiner Hund vor ihm aufbaute und laut bellte. „Scheiße Mann, was um alles in der Welt ist das hier denn, sind wir nun zum Zoo oder Tierheim geworden?" Okko brüllte in den Raum. Lana und Lennert waren schon im Büro und versteckten sich hinter ihren PCs. Der kleine Hund erschrak in diesem Moment so sehr, dass er erst mal einen „Stress-Furz" vor Okkos Füße setzte. „Und verdammt noch mal, was stinkt hier denn so?" Okko schnaubte vor Wut. Er ging an dem Tier vorbei, beachtete es nicht und setzte sich an seinen Schreibtisch. „Okko, das ist Frieda, der kleine Hund, den Frau Rossi ab und zu in Pflege nimmt. Hat sie uns doch gesagt, nun beruhige dich mal wieder", grinste Lana. „Rossi, Hund, Pflege, Scheiße Mann! Erstens mag ich keine Hunde im Büro und zweitens ist heute nicht Donnerstag, Rossi macht, was sie will! Ich will, dass der hier verschwindet!" schäumte Okko. „Ich brauche Tee, jetzt, eine große Kanne Tee, ich muss mich beruhigen", Okko stand auf und ging in die Küche. Frieda schien nun Gefallen an ihm zu finden und wackelte ihm nach. Lana und Lennert schauten sich den Entenmarsch an und lachten, nun aber laut, auf. Okko kam mit einer großen Kanne Tee wieder und setzte sich zu Lana an den Tisch. Frieda setzte sich zu Okkos Füßen und schlabberte an seinen Schuhen. „Wenn du nicht augenblicklich damit aufhörst, sperr ich dich in die Besenkammer", schaute Okko Frieda drohend an. Frieda wendete sich zögerlich von Okkos Schuh ab und legte sich lang unter den Schreibtisch. „Geht doch, guter Hund", Okko wurde ruhiger. „Wir waren gestern in der Altstadt, Okko", begann Lana vorsichtig zu beichten. „Ja und, was soll das Geschwafel, Lana, was willst du mir nun sagen?" Okko drehte wieder auf. „Na, Lennert meinte, wir sollten dem Typen vom Märchenhaus doch mal auf die Finger schauen", berichtete Lana weiter. „Ich hatte doch gesagt, dass das Blödsinn ist, wir haben doch nichts gegen den in der Hand", Okko goss sich einen Tee ein. „Das stimmt nicht ganz Okko", Lennert stand nun auf und rückte seinen Stuhl zu den beiden hin. „Der ist nicht koscher, der Ausweis ist mit Sicherheit gefälscht, er wusste nicht mal sein genaues Geburtsdatum, und er war letzten Samstag eben auch bei Jimmy‘s”, verteidigte Lennert sein Handeln. „Und warum soll er den Brunken hopps genommen haben, wo ist bitte das Motiv dazu?” sah Okko Lennert und Lana fragend an. „Das wissen wir nicht. Fakt ist aber, er ist unter gefälschtem Namen hier, das macht ihn verdächtig”, gab Lana nun von sich und unterstützte Lennert. Okko kannte die Spürnase von Lana, er hatte ihr schon oft vertrauen können. „Okay, wir lassen ihn hier antanzen, holt ihn her, aber erst morgen schauen wir uns den Vogel dann mal an”, gab Okko Bruns nun nach. Okko machte sich sofort eine Notiz dazu in seinem Kalender. „Frieda, Frieda, wo bist du?” Maria Rossi stolzierte durch das Büro der Beamten und suchte nach ihrem Schützling. „Moin Frau Rossi, schön, dass Sie Zeit gefunden haben, Ihren Schützling zu suchen", begrüßte Bruns seine Chefin. „Guten Morgen zusammen, wie meinen Sie das denn?” fragte Rossi schnippisch. „Na, so wie ich das sage, Frau Rossi. Frieda hat meinen rechten Schuh schon zu ihrem Eigentum gemacht, dann hat sie die Luft verpestet und zudem haben wir heute nicht Donnerstag”, Okko wurde ebenfalls bissig und giftete zurück. „Sie sollten sich lieber etwas intensiver mit dem aktuellen Fall beschäftigen, Herr

Bruns, ich hörte, Sie hätten gestern mal wieder nur einen halben Arbeitstag vollbracht. Wenn das Ihre Arbeitseinstellung ist, kann ich die Versetzung nach Leer verstehen", Rossi wurde nun wirklich persönlich. „Wissen Sie was, Frau Rossi? Ich bin nun dreiundsechzig Jahre alt, hätte schon ein Jahr zu Hause sein können, aber mit so einer netten Chefin möchte ich noch eine Weile arbeiten, habe ich mir gerade überlegt", Okko goss sich fröhlich die dritte Tasse Tee ein. Rossi schaute ihn wütend an: „Ich warte auf Ergebnisse, Herr Bruns, premere il gas", Maria Rossi verfiel in ihre Muttersprache. „Du kannst mi mol ant Moors kleien, oll Teev", gab Bruns lächelnd zurück. Rossi konnte kein Plattdeutsch, schaute Bruns fragend an, verkniff sich aber die Nachfrage. Sie drehte sich mit ihrem gewohnten Gang um und verschwand hüftschwingend in ihrem Büro. „Vergessen Sie Frieda nicht!" rief Bruns ihr lächelnd hinterher. „Laumeier wird morgen von uns abgeholt und überprüft", klärte Lennert die anstehenden Arbeiten und genoss noch eben seinen Tee. „Gut so, auf geht's, unsere Chefin möchte glänzen", lachte Bruns und trank nun auch seine mittlerweile kalte Tasse Tee.

Treffpunkt Volnesborch Holte

Karl Laumeier hatte den ganzen Tag gebummelt. Er kam irgendwie nicht in die Puschen. Er schaute auf die Uhr, viertel vor vier. Nun wurde es Zeit, Zeit für die alte Burganlage im Holter Hammrich bei Holte. Er steckte die Karte ein und verließ seine Ferienwohnung. Die Sonne schien noch kräftig. Gut, dass er sich luftig angezogen hatte. Er bog auf die Umgehungsstraße Richtung Leer und folgte seinem Navi. Der weiße Ford C-Max folgte ihm in einem sicheren Abstand. Laumeier merkte nichts von seinem Verfolger. Er hatte gut geschlafen, seine Pläne dann noch mal überdacht und war nun frohen Mutes. Wichtig war, dass er aus dem Sichtfeld der Leeraner Polizei verschwand. In der Nähe von Westoverledingen, einer mittelgroßen Gemeinde zwischen Leer und Papenburg, hatte er ein neues Domizil ausgemacht. Dort wollte er sich nach all dem niederlassen, mit neuen Papieren und verändertem Aussehen. Er hatte dieses Wechselspiel schon öfter gemacht, das war für ihn Routine.

Auf der Hut

Siefke Radke schaute zur Uhr, er musste um 17:00 Uhr in Holte sein. Ihm war unwohl, zudem schmerzte seine Hand immer noch. Wer war nur dieser Anrufer gewesen und welche Gegenleistung sollte er für seine Hilfe bekommen? Und warum wusste der von der Volnesborch? Siefke grübelte und kam zu dem Schluss, dass er bei seinem

Einbruch von diesem Anrufer überrascht worden war, nur so konnte er von dem Gebiet der alten Burganlage wissen. Also war der Typ gefährlich. Siefke überlegte noch kurz, nicht zu fahren. Aber da war die Sache mit dem Samstag. Er musste wissen, was diesen Typen antrieb an ihm zu kleben, was der von ihm wusste. Er setzte sich nun in sein Auto und fuhr los. Auf dem Weg nach Holte hörte er sich Oldies an, das beruhigte ihn ein bissel. Siefke machte sich Mut, redete sich immer wieder ein, alles im Griff zu haben. Er war der Ortskundige. Er hatte die Fäden in der Hand. Nun gab er erst mal Gas.

Nicht auffindbar

Lana hatte nun schon zwei Tage versucht, Siefke Radke zur Vernehmung vorzuladen. Sie kam immer nur bis zur Mailbox. So langsam wurde sie ungeduldig. „Sag mal Lennert, hast du gerade Luft?" fragte sie höflich über den Schreibtisch hinweg. „Was hast denn, wo brennt es denn gerade?" lachte er Lana freundlich an. „Ich möchte zu dem Siefke Radke fahren, der ist schon zwei Tage abgängig, ich bekomme den nicht ans Rohr", entgegnete Lana verärgert. „Welches Rohr denn?" fragte Lennert belustigt nach. „Lennert, nu is aber gut, du weißt, dass ich diese Gossensprache nicht mag, das ist hochgradig sexistisch und du weißt das", wies Lana ihn zurecht. „Ja, ist ja gut, war nur Spaß, ich fahre natürlich mit", Lennert stand schon neben Lana und stupste sie zart an. Die beiden Beamten machten sich auf den Weg zu Radkes Wohnung. In Jemgum angekommen, bogen sie in die Deichstraße ein und hielten vor einem Zweifamilienhaus. Radke wohnte auf der rechten Seite. Die vorderen Fenster standen auf Kipp. „Der muss zu Hause sein, die Fenster sind auf Kipp", Lana war sich sicher und klingelte. Sie klingelte ein zweites Mal, aber wieder nichts. „Das kannst du vergessen, der ist nicht da oder macht nicht auf", gab Lennert zurück. Lana klingelte nun Sturm. „Kann doch wohl nicht wahr sein! Ich versuche den seit zwei Tagen zu erreichen, und der meldet sich nicht einmal zurück. Hab dem doch mehrmals aufs Band gesprochen" Lana wirkte verärgert. „Lass es sein, das bringt nichts. Wir fahren morgen früh noch mal hierher, irgendwann ist er auch wieder zu Hause", beruhigte Lennert seine Kollegin. Die beiden Beamten stiegen in ihr Fahrzeug und machten sich auf den Heimweg. „Sag mal, wenn dieser Siefke Radke vom Tod des Kollegen weiß, davon gehe ich nun mal aus, warum hat der sich eigentlich nicht freiwillig gemeldet, um uns zu helfen? Er war doch einer der Letzten, die Brunken lebend gesehen haben?" Lana schaute Lennert fragend an. „Das kann verschiedene Gründe haben Lana. Der schlechteste wäre, er hätte mit dem Tod von Brunken zu tun, glaube ich aber nicht. Warum sollte er seinen Kollegen umbringen?" entgegnete Lennert. „Na, ich finde das komisch, da arbeiten drei Männer schon längere Zeit zusammen. Zwei davon gehen zusammen zu einem Fest, dort wird getrunken, aber wie wir wissen, auch gestritten. Und warum verhält sich dann der dritte ebenfalls bei der Vernehmung merkwürdig und wirkt nervös?" Lana fragte sich das nun schon länger. „Ich denke eher, der Typ aus dem Märchenhaus ist verdächtig, dieser Laumeier. Ich werde das Gefühl nicht los, dass er mit dem Ganzen etwas zu tun hat", erwiderte Lennert überzeugend. „Okay, lass uns morgen früh noch mal hierherfahren, wir benötigen dringend die Aussage von dem Radke." Lana bog auf das Gelände der Polizeiinspektion Leer ein und stellte das Fahrzeug ab. „Lana, ich habe da gerade eine Idee, lass uns ganz schnell eine Handy-Ortung beantragen. Frau Rossi ist noch im Haus, ihr Auto steht noch da", Lennert sprang aus dem Auto und rannte ohne eine Antwort von Lana ins Gebäude. „Nun warte, doch eben", Lana folgte ihm und beide standen zugleich in Maria Rossis Büro. „Frau Rossi, wir benötigen so schnell wie es geht eine Handy-Ortung für Herrn Siefke Radke aus Jemgum. Wir können ihn seit zwei Tagen nicht erreichen und er war einer der Letzten, der Jento Brunken lebend gesehen hat", polterte es aus Lennert heraus. „Und Sie meinen, Sie kommen hier rein gepoltert und ich tanze sofort nach Ihrer Pfeife", schaute Maria Rossi die beiden Beamten ungläubig an. „Frau Rossi, wir bitten Sie inständig, uns eben zu helfen. Sie wollen Ergebnisse, wir auch, also helfen Sie uns bitte nun", Lennert beschwor sie. „Okay, Moment, ich muss telefonieren, warten Sie draußen", antwortete Rossi knapp. Die beiden Beamten gingen wortlos aus Rossis Büro und warteten. Zehn Minuten später hatten sie ihre Handy-Ortung, Radke war wohl im Auto unterwegs. Lana und Lennert sprangen ins Auto und folgten der aktuellen Spur. „Wo will der Typ denn nur hin?" schaute Lana auf das Display des PCs. Mittels GPS-Ortung konnte sie die Bewegung Radkes verfolgen. Die beiden Beamten bogen von der Bundesstraße B 70 Richtung Collinghorst ab, einem kleinen Ort im Overledingerland und folgten der B 438 in Richtung Rhauderfehn. „Der fährt Richtung Holte, Lana", Lennert schaute beim Fahren kurz auf den PC. „Lass uns das Tempo verringern, wir wissen ja nun wo er ist, mal schauen, wo er hinwill", Lana verfolgte aufmerksam das Signal.

Abbruch-Stopp in der Altstadt

Hauptkommissar Okko Bruns saß am Schreibtisch und verfolgte die Pressemitteilungen der Stadt und des Landkreises Leer. Er wollte eigentlich auch heute etwas früher nach Hause, viele Kisten mussten noch ausgepackt und der Inhalt verstaut werden, aber wie so oft kam er mal wieder nicht weg. Ihm fiel eine Pressemitteilung der Stadt Leer sofort ins Auge. „Denkmalschutzbehörde Leer stoppt Abbrucharbeiten in der Marktstraße". Okko Bruns las den Text aufmerksam durch. Ihm fiel sofort auf, dass es sich bei dem Projekt um das gleiche handelte, das mit Jento Brunkens aktueller Wirkstätte zu tun hatte. Nach dem Bericht hatte Frau Greta Hanssen, Mitarbeiterin der Ostfriesischen Landschaft, den Fall zur Anzeige gebracht, weil sie dort historische Überbleibsel vermutete. Sie war, laut Bericht, nach einem anonymen Telefonat auf diesen Ort gestoßen. Erste Proben im Umfeld des alten Hauses hätten auf Holzbohlen einer möglichen alten Brücke oder eines Übergangs hingewiesen. Der Göttinger Investor hatte seine Anwälte aktiviert, um die einstweilige Verfügung anzufechten, sie hatten aber keinen Erfolg damit gehabt, der Abbruch war sofort gestoppt worden.

Okko goss sich eine Tasse Tee ein, drehte die Sahne vorsichtig gegen den Uhrzeigersinn in die Tasse und beobachtete die sich bildende Teeblume. „Wenn das man nicht in irgendeinem Zusammenhang mit unserem aktuellen Fall steht. Sowohl Brunken als auch Radke und Brahms hatten genau hier an dieser Stelle gewirkt, und Brunken war am Samstag vergiftet worden. Passte irgendwie alles ins Bild", dachte er bei sich und schmunzelte. Er holte sich die Unterlagen des aktuellen Falles und ging sie noch mal genau durch. Dann wählte er eine Nummer und wartete. „Bruns mein Name, Hauptkommissar Okko Bruns, wir hatten schon mal das Vergnügen. Sie sind doch der zuständige Bauunternehmer für die Abbrucharbeiten in der Marktstraße. Ihre Mitarbeiter Jento Brunken, Ukko Brahms und Siefke Radke waren dort ja vor Ort. Was genau haben die dort gemacht?" erkundigte er sich. „Sie haben das Haus versorgungsfrei gemacht, alle Versorgungsleitungen abgeklemmt und den Heizungsraum entrümpelt", hörte Bruns die Stimme sagen. „Gab es dort besondere Vorfälle?" fragte Bruns weiter. „Nein, nicht, dass ich wüsste. Jento Brunken ist schon sehr lange in unserem Unternehmen, soll heißen, er war sehr lange in unserem Unternehmen, Gott sei mit ihm. Und wenn es bei Abbrucharbeiten etwas zu klären gab, machte er das selbstständig mit den Auftraggebern aus. Ich muss nicht alles wissen, unsere Poliere auf den Baustellen haben die klare Anweisung, Kleinigkeiten direkt mit den jeweiligen Auftraggebern zu klären. Ich habe genug anderen Scheiß um die Ohren. Sie glauben nicht, wie viele Verordnungen, Richtlinien und Gesetze wir befolgen müssen, bevor wir überhaupt tätig werden können. Nun haben wir in der Marktstraße den Salat, Baustopp, weil die da altes Holz gefunden haben”, ergänzte die Stimme mächtig verärgert auf der anderen Seite der Verbindung. „Alles klar, danke schön, Sie haben mir sehr geholfen”, Bruns legte auf und goss sich zufrieden eine neue Tasse Tee ein. Dann nahm er sein Handy und wählte Lana Bookens Nummer. „Hey Lana, wo bist du?” begrüßte er seine Mitarbeiterin. „Wir sind auf dem Weg nach Holte oder auch weiter, wir verfolgen Siefke Radke per GPS Ortung, da wir ihn seit zwei Tagen nicht erreichen konnten. Er war doch der Letzte, der Brunken lebend gesehen hatte, irgendetwas stimmt hier nicht”, Lana erklärte Bruns den aktuellen Sachverhalt. „Okay, ich mache gleich Feierabend, muss Hilde bissel helfen, ruft mich an, sobald ihr Neuigkeiten habt”, antwortete Bruns. „Machen wir, schönen Feierabend”, Lana legte auf.

Das Treffen

Karl Laumeier stellte sein Fahrzeug auf dem Parkplatz der ehemaligen Schule in Holte ab. Er wollte erst mal aus sicherer Entfernung sehen, wenn Radke hier ankam. Er wollte nun mal keine Überraschungen und blieb somit in der Nähe seines Fahrzeugs stehen und zündete sich eine Zigarette an. Einen Moment später passierte ein weißer Ford C-Max die Kurve an der Holter Schule, dem Laumeier aber keine Beachtung schenkte. Der Ford bremste kurz nach der Schule ab und blieb dann drei Häuser nach der Kurve rechts stehen. Weitere fünf Minuten später bog ein blauer VW Polo auf den Parkplatz der Schule ein und stellte sich direkt gegenüber von Laumeiers Wagen. Ein dunkelhaariger Typ stieg aus dem Auto und sah sich um. Er bemerkte Laumeier und verschloss sein Fahrzeug. Laumeier ging auf ihn zu. Er erkannte Radke sofort. „Schön, dass Sie meiner Einladung gefolgt sind. Wissen Sie, ich habe letzten Samstagabend beim Altstadt Café Ihren kleinen Zwist mit Ihrem Kollegen mitbekommen." Siefke Radke lief rot an. „Alles?" fragte Radke zögerlich nach. „Ja, alles, aber keine Sorge, wir sind quasi unfreiwillige Partner bezüglich Samstagabend", beruhigte Laumeier ihn. „Wir sollten nun keine Zeit verlieren. Ich schlage vor, Sie fahren vor und ich folge Ihnen", wies er Radke bestimmend aber freundlich an. „Wie weiß ich überhaupt, dass ich Ihnen vertrauen kann?" Siefke Radke grummelte ihn nun unfreundlich an. „Wissen Sie, Herr Radke, wenn Sie eine Wahl hätten, wären Sie nicht gekommen. Ganz ruhig bleiben, zeigen Sie mir einfach die genaue Stelle der Volnesborch und Sie werden nie wieder von mir hören. Das ist ein Versprechen." Laumeier blieb nun auch freundlich. Radke musterte ihn von unten bis oben, hielt kurz inne und drehte sich zu seinem Fahrzeug um. „Okay, so soll es sein. Ich vertraue Ihnen, wenngleich mir nun klar geworden ist, dass Sie, ja Sie, mich in der Wohnung meines Arbeitskollegen niedergeschlagen haben. Sie hätten mich auch wegmachen können, haben Sie aber nicht, also muss ich Ihnen wohl oder übel vertrauen", erwiderte Radke nun etwas ruhiger. „Gute Entscheidung, Sie werden es nicht bereuen." Laumeier stieg in sein Auto und wartete darauf, dass Radke losfuhr. Dieser bog auf die Hauptstraße und gleich wieder rechts ab, beide bemerkten den weißen Ford C-Max nicht, der wiederum ihnen in einem sicheren Abstand folgte. Die Fahrt ging entlang einer kleinen Siedlung und an mehreren Ländereien vorbei. Der Polo blieb kurz darauf plötzlich hinter Baumreihen an einer Abzweigung stehen, und Radke stieg aus. Karl Laumeier hielt verwundert an und stieg ebenfalls aus. „Wollen Sie mich verarschen, oder warum stehen wir hier in der Einöde, hier ist doch nichts", wirkte Laumeier nun verärgert. „Nix verarschen, wir können da nicht mit dem Auto hin, wir müssen zu Fuß weiter", erwiderte Radke. Der weiße Ford C-Max hielt in sicherer Entfernung auf der anderen Seite der Ländereien am Hauptweg. Der Fahrer verfolgte die Diskussion der beiden Männer aufmerksam, konnte aber nichts verstehen, zu groß war die Entfernung. „Wenn Sie den Standort der ehemaligen Volnesborch von Holte sehen möchten, müssen Sie mir nun schon folgen, da geht kein Weg dran vorbei", versuchte Radke Laumeier nun zu überzeugen. „Okay, Sie gehen vor", Laumeier zeigte mit einer Handbewegung nach vorne, und Radke bog zu Fuß links in den Ackerweg ein. Laumeier hatte Radke so immer im Blick und fühlte sich entsprechend sicher. Der Fahrer des weißen Ford C-Max stieg ebenfalls aus seinem Auto aus und verkürzte den Weg zu den beiden Männern quer über das Land. Dabei hielt er einen großen Abstand ein, um nicht in das Blickfeld der beiden zu geraten.

„Was suchen Sie eigentlich bei der Volnesborch, oder was vermuten Sie dort?" fragte Radke um das Schweigen zu brechen, das den „Spaziergang" irgendwie unheimlich machte. „Genau das, was Sie hier auch zu finden vermuten", lachte Laumeier ihn an. Radke drehte sich nicht mal um, er hatte die Antwort erwartet. Nach ein paar Minuten kamen beide Männer an eine Abzweigung inmitten der Ländereien. Hohe alte Baumbestände ließen hier den Standort einer Besiedelung aus vergangenen Zeiten vermuten. „Hier müssen wir rechts ab", zeigte Radke auf den Weg, der rechts zu einem weiteren Landstück führte. Mittlerweile hatte sich der Fahrer des weißen Fords auch auf fast hundert Meter an die beiden Männer angepirscht und versteckte sich hinter einer Anhöhe. „Sehen Sie die kleinen Aufwürfe dort auf dem Landstück?" zeigte Radke auf mehrere, bewachsene Aufschüttungen, die kleinen Deichen ähneln. „Ja, die sehe ich", Laumeier erkannte die vagen Formen eines Vierecks. „Das sind die Überreste der Volnesborch im Holter Hammrich. Die Ostfriesische Landschaft war vor Jahren auch schon mal hier, hat aber außer Scherben und Kleinkram nichts gefunden", beschrieb Radke nun den Platz der ehemaligen Burganlage aus dem Beginn des 15. Jahrhunderts. Karl Laumeier schaute beeindruckt auf die Fläche und stellte sich die Burganlage anhand der Überreste in Gedanken vor. Er fasste in die Innentasche seiner Jacke und holte ein Stück Papier hervor. Radke erkannte die alte Karte sofort wieder. „Na, da ist sie ja, die gute alte Schatzkarte", grinste er Laumeier an und machte ein paar Schritte auf ihn zu. In diesem Moment fielen drei Schüsse. Die unendliche Ruhe um das Gebiet der alten Volnesborch wurde unterbrochen. Aus dem Bereich der alten Anlage flogen aufgeschreckte Vögel hoch, selbst eine wilde Katze sprang aus dem Gebüsch und machte sich auf die Flucht. Der Boden tränkte sich mit frischem Blut und die noch gerade aufgerissenen Augen schlossen sich nun für immer.

Zu spät

Lana und Lennert bogen in Holte Richtung Volnesborch ab, Lana hatte das Bewegungsprofil von Siefke Radke ständig im Blick. Der Wagen raste so schnell er konnte, aber die Wege hier waren nicht gerade als Rennstrecke geeignet. „Rechts ab, Lennert, du musst hier rechts ab, Mann", gab Lana barsch von sich. „Ist ja gut, Lana, wir sind ja gleich da. Dort hinten steht doch das Fahrzeug von Radke und direkt dahinter steht ein VW-Caddy, den hab ich noch nie gesehen“, gab er verärgert zurück. Sie bogen in den kleinen Weg ein und stoppten ihr Fahrzeug. Beim Aussteigen hörten sie drei kurz aufeinander folgende Schüsse und gingen sofort in Deckung. „Lana, wir brauchen Verstärkung, das ist eine wilde Schießerei und wir sehen von hier aus nichts", flüsterte Lennert ihr zu. „Warte eben, wir versuchen, etwas dichter an den Tatort zu kommen. Verstärkung können wir immer noch anfordern." Lana robbte langsam auf den Weg zur Volnesborch vor, Lennert folgte ihr unfreiwillig. Die beiden Beamten robbten sich von Baum zu Baum und von einer zur anderen Deckung, und kamen somit dem Geschehen immer näher. Lana schaute auf und sah einen regungslosen Mann am Boden liegen. „Wir müssen nun doch Verstärkung anfordern, da liegt jemand, das sieht nicht gut aus", Lana wirkte verzweifelt. „Okay, ich schleiche zum Auto zurück und du bleibst hier in der Deckung", Lennert drehte sich um und robbte zum Fahrzeug zurück. Lana beobachtete die Situation, konnte aber außer dem am Boden liegenden Mann niemanden sehen. „Wo war der Schütze, wer hatte hier überhaupt geschossen und wer lag da nun regungslos am Boden?" Lana platzte der Kopf. Sie wollten doch nur diesen Siefke Radke zu einem Verhör auf die Wache holen. Lennert war inzwischen beim Fahrzeug angekommen und schnappte sein Funkgerät: „Jakobs hier, wir brauchen Verstärkung! Ein Mann am Boden, blutet stark, Schusswaffengebrauch. Vermutlich ein zweites Opfer, der ist aber nicht zu sehen. Kein Täter zu erkennen, hält sich eventuell noch auf dem Gelände auf oder ist bereits in unbekanntem Fahrzeug geflüchtet. Unsichere Lage, bitte dringend Verstärkung, Rettungswagen und Notarzt, die Adresse bekommt ihr übers Netz", beendete Lennert seinen Lagebericht und robbte wieder zurück zu Lana. Er hatte große Angst um sie und war in wenigen Minuten wieder hinter ihr. „Alles gut, Lana, irgendwas passiert?" Lennert nahm sie in den Arm. „Alles gut Lennert. Hinter Radkes Polo steht ein weiteres Auto, ich kann aber nur einen Menschen am Boden liegend erkennen. Falls hier noch jemand war, ist der nicht zu sehen", setzte Jana ihren Kollegen ins Bild. Auf der anderen Seite der Ländereien brauste plötzlich ein Motor auf, Lennert und Lana sahen kurz hoch, die

Entfernung war aber zu groß, um genau zu erkennen, was dort geschah. Mittlerweile hörten beide aber auch die Martinshörner des ankommenden Krankenwagens und des Notarztes, gefolgt von der Verstärkung eines SEK-Teams. Sie lehnten sich einen Augenblick zurück und atmeten tief durch, bis die Verstärkung vor Ort war.

Knapp daneben

Radke und Laumeier standen nun direkt zusammen. Perfekter Moment, um beide auszuschalten. Der Schütze legte an und feuerte dreimal auf Laumeier und Radke. Er sah noch beide zusammenbrechen, musste sich aber sofort ducken, er hatte ein Fahrzeug bemerkt, das sich der Volnesborch näherte. Zu riskant, die Erfüllung seines Auftrags zu kontrollieren. Er musste weg hier, erst mal weg, so schnell wie möglich. Er sammelte die Patronenhülsen ein und wich zurück. Gut, dass er abseits geparkt hatte. Seine langjährige Erfahrung half ihm immer wieder in diesen Situationen. Er schlich zu seinem Ford C-Max, schmiss das Gewehr auf den Rücksitz und schaltete sofort einen vor langer Zeit organisierten Polizeifunk-Abhördecoder ein. Es zeichnet sich immer wieder aus, als Profi auf alle Eventualitäten vorbereitet zu sein, dachte er und war zeitnah, dank Lennerts Funkspruch, über die Lage auf dem

Gelände im Bilde. Blitzschnell drehte er den Wagen um und fuhr zurück Richtung Holte. Im Dorf angekommen, kamen ihm plötzlich Krankenwagen und Notarzt entgegen. Ihnen folgten zwei schwarze VW Bullis. Er wusste sofort, dass es die richtige Entscheidung gewesen war, sich zurückzuziehen. Nun erst mal ein ruhiges Örtchen suchen und die Lage neu bewerten. Er zündete sich genüsslich eine Zigarette an und gab Gas.

Im Glück

Der dritte Schuss hatte Siefke Radkes Oberarm erwischt, ein stehender Schmerz zog durch seinen Körper. Er fiel zurück und landete in einem Graben rechts neben dem Übergang zur ehemaligen Burganlage. Mit seiner linken Hand griff er auf seinen Oberarm und bedeckte die Einschussstelle. Er spürte, dass er stark blutete, vermutete aber einen Streifschuss, weil seine Jacke nur auf einer Seite nässte. Ihm wurde übel, er übergab sich im Graben. Kalter Schweiß legte sich auf seine Stirn. Er zog ein Stofftaschentuch aus seiner Jacke und wickelte es über die Jacke an seiner Wunde. Das sollte erst mal reichen. Er musste weg hier, ganz schnell weg. Er schaute auf, in Richtung seines blauen Polos. So sah er auch den ankommenden Passat. Zwei stiegen aus, ein Mann und eine Frau. „Eindeutig die Bullen", dachte er bei sich und ging wieder in Deckung. Sie hatten ihn nicht gesehen, da war er sich absolut sicher. Radke überlegte. Zunächst brauchte er die Karte, drehte sich nach hinten und schaute auf den Weg. Der Typ lag regungslos in einer Blutlache auf dem Weg. Ihm mussten die beiden anderen Kugeln gegolten haben, dachte Radke bei sich. Waren dann wohl Volltreffer geworden. Radke wirkte trotz der prekären Situation nun doch ein wenig erleichtert. „Nun schnell handeln”, dachte er. Die alte Karte befand sich in der rechten Hosentasche des Mannes. Mit drei Anläufen lag Radke bauchwärts vor ihm und nahm die Karte an sich. Er bewegte sich liegend wieder zurück und erreichte mit wenig Anstrengung die andere Seite des alten Weges. Dort schlug er sich ins Gebüsch, blieb noch geduckt, konnte sich aber nun schneller bewegen. „Was wusste die Polizei, konnte er zurück nach Leer und wie sollte er das mit seinem Fahrzeug hier erklären?" Radke überlegte nun fieberhaft, wie er sich verhalten sollte. Gefolgt von den beiden Bullis des SEKs sah er noch den Rettungswagen und setzte seine Flucht zu Fuß fort.

Großeinsatz Volnesborch

Die Beamten des SEKs stürmten aus den Fahrzeugen und sicherten Lana und Lennert. Fünf Beamte preschten vor und waren binnen kürzester

Zeit bei Laumeier. „Gesichert!” rief einer der Beamten. Die beiden Rettungssanitäter und der Notarzt folgten und behandelten Laumeier am Boden. Dort konnte aber nur noch sein Tod festgestellt werden, einer der beiden Schüsse hatte ihn mitten ins Herz getroffen. Die ganze Umgebung wurde nun abgesucht und gesichert. „Wer ist das?” schaute Lana auf den Mann, der mit dem Kopf nach unten lag. Lennert kniete vor ihm nieder und drehte den Kopf zur Seite. „Bitte so liegen lassen, bis die Spusi kommt!“ der Vorgesetzte des SEK schaute Lennert barsch an. „Ja, ich weiß, sorry”, entschuldigte sich Lennert brav. „Lana, das ist der Laumeier aus dem Märchenhaus”, Lennert erkannte ihn sofort wieder. „Stimmt, richtig, nun sehe ich es auch", Lana schaute in das seitliche Profil von Laumeier. „Aber was macht der hier, was hat der mit Siefke Radke zu schaffen? Und wo ist dieser Radke abgeblieben?“ Lennert fasste sich an die Stirn. „Wir müssen Okko verständigen”, Lana griff zum Telefon. „Das machen wir heute nun mal nicht, der ist heute Abend zu Hause”, Lennert nahm Lana das Handy aus der Hand und wählte selbst eine Nummer. „Eh Mann, was soll das?” giftete Lana Lennert an. „Wen rufst du denn nun an?” fragte Lana verärgert. „Ich rufe unsere Kriminalrätin an, sie soll mal selbst an einen Tatort kommen. Außerdem will sie ja immer alle Infos aus erster Hand”, griente Lennert. „Hallo Frau Rossi,

wir benötigen Ihre Hilfe", begann Lennert die Unterhaltung.
Okko Bruns schleppte zu dieser Zeit schon Kisten in den Keller. Hilde hatte ihm tüchtig was auf den Zettel geschrieben. Das neue Zuhause war sehr gemütlich, wenn es denn mal fertig sein würde. Zunächst waren aber noch viele Dinge zu erledigen. Okko dachte noch ab und zu an seine Zeit in Aurich. Er hätte sich einen anderen Abgang zur Rentenzeit gewünscht und wäre gerne in Aurich geblieben. Manchmal vermisste er sein Auricher Büro und die vielen Kollegen dort. Sein Vorteil in Leer war nun aber, dass seine beiden engsten Mitarbeiter ebenfalls mit ihm versetzt worden waren, sie hätten in Aurich ja den Mund aufmachen können, dem war man zuvorgekommen. Seine neue Chefin, Maria Rossi, entsprach zwar nicht seiner Wunschvorstellung von „Chef", aber es hätte ihn schlimmer treffen können. Er war sich seiner routinierten Arbeit sicher und konnte sich voll auf Lana und Lennert verlassen.
Nach Vollendung der Karton-Schlepp-Aktion saß er gemütlich auf seiner geräumigen Terrasse und goss sich erst mal drei Tassen genüsslichen Ostfriesentee ein. Hilde war noch in die Stadt gefahren und somit hatte er eine völlig freie Bahn, um eben ein paar Stunden Gemütlichkeit zu genießen.

Schreck am Plytenberg

Der weiße Ford C-Max bog mit quietschenden Reifen in die Straße Am Plytenberg ein. Ramona und Günter Zingel waren gerade mit ihrem Hund „Sam Davis Jr.", einem Labrador mit bissel Rottweiler in den Genen, auf dem Weg zu Jimmy's Altstadt Café, um einen kleinen Absacker zu nehmen. Im letzten Moment riss Günter seinen Hund zurück und hielt Ramona am Arm fest. Der C-Max hätte die beiden um ein Haar einfach überfahren. Günter Zingel schrie wütend auf und fluchte dem Fahrer hinterher. Ramona zog in Windeseile ihr Handy und machte ein Foto von der Rückseite des Fahrzeugs. Der Fahrer im C-Max schaute in den Rückspiegel und sah Ramona das Foto machen. Er bremste scharf und setzte den Rückwärtsgang ein. Binnen Sekunden war er wieder neben den dreien und stieg aus dem Fahrzeug aus. Sammy bellte aus Leibeskräften, wollte sich losreißen, um den Fahrer des C-Max zu attackieren, aber Günter hielt ihn mit letzter Kraft zurück. „Sie löschen augenblicklich vor meinen Augen das Foto von meinem Wagen", fauchte der Fahrer Ramona an. „Ik hau di futt wat up Schnuut", entgegnete Günter ihm wütend und machte mit Sammy einen Satz auf den gut 1,95 Meter großen Mann zu. „Ich würde es nicht versuchen, nicht mal dran zu denken", gab der zaghaft freundlich zurück und schob mit seiner Hand die leichte Jacke zur

Seite. Günter schaute auf ein Pistolenhalfter und machte einen Schritt zurück. „Ich bin Sonderermittler des BKA-Wiesbaden, es tut mir leid, Sie nicht gesehen zu haben, aber ich habe es eilig”, entschuldigte er sich. „Also löschen Sie bitte sofort das Foto, ich will das nun hier sehen”, untermalte er seine Forderung noch mal. Sam Davis Jr. war immer noch höchst erregt und bellte. Die Nackenhaare standen dem kräftigen, hübschen Hund zu Berge, und es war absolut ersichtlich, dass er den Fahrer des C-Max nicht mochte. Immer wieder versuchte er auf den Fahrer loszugehen. „Ganz ruhig, Sammy, ganz ruhig”, versuchte Günter den Hund zu beruhigen. Ramona Zingel nahm ihr Handy und löschte das Foto vor den Augen des Fahrers. Der nickte zustimmend, stieg wieder in sein Auto und fuhr nun mit gedrosseltem Tempo wieder an. Sam Davis Jr. bellte immer noch aber Günter konnte ihn zusehends wieder beruhigen. Irgendwie schien der Hund einen siebten Sinn zu haben und hatte wohl gespürt, dass mit dem angeblichen BKA-Mann irgendetwas nicht in Ordnung war. Die drei setzten ihren abrupt unterbrochenen Spaziergang fort und freuten sich auf einen kleinen Feierabendwein. „Wieso ist Sammy nur so aggressiv geworden, das macht er doch sonst nie, wenn man ihm sagt, dass alles gut ist, aber er ließ sich gerade ja gar nicht wieder beruhigen", wunderte sich Ramona darüber ein bissel. „Ich denke, er hat sich genauso erschrocken wie wir, lass uns den Vorfall vergessen. Gut, dass nichts passiert ist und wir keine Verletzungen abbekommen haben, hätte auch ganz anders ausgehen können", entgegnete Günter. „Jetzt freue ich mich erst mal auf einen Wein bei Jimmy's." Günter nahm Ramona an die Hand und schaute sie verliebt an.

Wohin Siefke, wohin?

Siefkes Oberarm blutete nun nicht mehr so stark, ja, es schmerzte sehr, zeitweise hatte er Taubheitsgefühle in seiner Hand aber er kam gut voran. Siefke suchte sich seinen Weg im Schutz der vielen Bäume und Sträucher rund um Holte und war mittlerweile in Collinghorst angekommen. Er mied Straßen und Wege, strumpelte über Gräben und Wallhecken. Gerade in dieser Gegend gab es noch viele Ländereien, die von Wallhecken umgeben waren.
Wallhecken sind eine altertümliche, bewachsene Einfriedung von Ländereien und Grundstücken. Sie stehen heute unter Naturschutz, unterliegen somit strengen Schnitt- und Pflegegesetzen und dürfen nicht entfernt werden. Ihr wunderschöner Bewuchs und die magische Ausstrahlung sind schon etwas Faszinierendes, und es lohnt sich immer wieder, sie anzuschauen und zu genießen.

Siefke machte eine Pause und setzte sich im Schutz einer Wallhecke an einen Baum. Er dachte über die Geschehnisse an der Volnesborch nach. Wer hatte auf ihn geschossen, warum war dieser Typ, der sich dort mit ihm verabredet hatte, erschossen worden oder war nur er damit gemeint gewesen, oder nur der geheimnisvolle Typ? Siefkes Schädel brummte, er konnte nirgendwo hin. Wahrscheinlich wurde er schon überall gesucht. Seinen Polo hatte er stehenlassen müssen, somit war seine Identität längst bekannt. Also nach Hause? Nein, auf keinen Fall. Er benötigte einen Unterschlupf, jetzt sofort, um erst mal einen klaren Kopf zu bekommen. Siefke nahm sein Handy und entfernte die Sim- und Speicherkarte. Die Sim-Karte verstaute er in seiner Hemdtasche. „Für alle Fälle", dachte er bei sich. Er kontrollierte seinen Oberarm, zog den Verband noch mal fest und griff in seine Jackentasche, in der sich die alte Karte der Volnesborch befand. Alle hatten ihn linken wollen, Brunken, der geheimnisvolle Typ an der Volnesborch und dann der große unbekannte Schütze. Aber noch war Siefke im Spiel, dachte er, noch konnte er mitmischen und alles zu seinen Gunsten verändern. Er stand auf und machte sich wieder auf den Weg. Unterschlupf, ja, er brauchte einen Unterschlupf.... aber wo? Er kannte die Altstadt von Leer sehr gut und er wusste, dass dort mehrere Häuser leerstehend waren. Um eine eventuelle ärztliche Versorgung im Notfall, sowie Essen und Trinken in greifbarer Nähe zu haben, entschied er sich für diese Möglichkeit und überlegte, welches leerstehende Haus am besten geeignet und trotzdem nicht übermäßig auffällig war. Radke beschleunigte nun sein Tempo, er wollte vor Anbruch der Dunkelheit in der Nähe von Leer sein und dann im Schutz der Nacht einen Unterschlupf in der Altstadt beziehen. Einen Teil des Weges legte er mit einem alten geklauten Fahrrad zurück, musste aber wieder auf „zu Fuß“ umsatteln, um nicht entdeckt zu werden.

Tatort Volnesborch

„Machen Sie mal Platz da, Sie Klotz, ich bin die Polizei-Chefin der Kripo Leer”, ranzte Maria Rossi einen der SEK Beamten an, der ihr im Weg stand. Der machte einen erschrockenen Satz zur Seite und schüttelte nur mit dem Kopf. Sie ging zielstrebig, mit leichtem Hüftschwung, auf Lana Booken und Lennert Jakobs zu, die gerade bei Laumeiers Leiche standen und sich mit dem Rechtsmediziner unterhielten. „Moin Frau Booken, Moin Herr Jakobs, ich brauche mal die Fakten, jetzt und sofort”, Rossi machte keine langen Reden. „Moin Frau Rossi, ja natürlich. Wir sind Herrn Radke von Leer aus mit der Handy-Ortung gefolgt. Bei unserem Eintreffen fielen drei Schüsse aus nicht unmittelbarer Nähe, davon zwei auf Laumeier, wovon einer ihn letztlich tötete. Der dritte Schuss galt vermutlich Radke, der aber flüchtig ist, genauso wie der Schütze, der bis dato noch nicht identifiziert werden konnte. Wir haben weder einen Namen noch ein Fahrzeug, er hat uns wohl kommen sehen und flüchtete", entgegnete Booken brav. „Verstehe, also waren Sie wieder mal zu spät. Und Ihr Vorgesetzter Bruns genießt seinen Feierabend, während in Ostfriesland wild um sich geschossen wird und dabei jemand, ganz nebenbei, auch noch ums Leben kommt. Klasse Schlagzeile morgen in der Zeitung!" Rossi holte so richtig aus. „Frau Rossi, das geht nun aber echt zu weit. Herr Bruns ist gerade beim Einzug und wir mussten hier sofort in Deckung gehen, weil die Schüsse unmittelbar nach oder bei unserem Eintreffen fielen", griff Jakobs ins Gespräch ein. „Ja, was denn nun, vor oder bei ihrem Eintreffen? Wann fielen die Schüsse denn nun, ein bisschen konkreter hätte ich das gerne!" legte Rossi nach. „Wir hörten sie in dem Moment, als wir hier eintrafen", antwortete Booken knapp. Rossi schaute auf die Leiche und unterhielt sich kurz mit dem Rechtsmediziner. Sie wandte sich wieder ihren beiden Untergebenen zu und nahm sie mit einer auffordernden Geste ein paar Meter entfernt zu sich. „Also, ich sage das nur einmal, ich brauche nun ganz schnell Ergebnisse, sehen Sie zu, dass der Radke endlich dingfest gemacht wird. Ich leite eine Ringfahndung ein und Sie stellen eine Mannschaft zusammen. Jeder Winkel wird hier umgedreht, jedes auch nur erdenklich mögliche Indiz überprüft. Die Zeitungen und Sozialen Medien werden uns zerpflücken, wenn wir nicht ganz schnell liefern", plapperte Maria Rossi im Dauerfluss. „Ich brauche Hinweise auf den großen Unbekannten. Es kann nicht sein, dass hier einer rumballert, Leute umbringt und dann einfach untertauchen kann. Ist ja bald so wie im Wilden Westen! Befragen Sie Anwohner in Holte, vielleicht hat da jemand etwas gesehen, ein Auto, ein Kennzeichen, wer weiß?" Rossi holte kaum Luft. „Und Bruns muss her, der soll sofort ins Büro zu mir kommen. Rufen Sie ihn an, ich fahre nun ins Kommissariat zurück und erwarte ihn", Rossi bekam keine Luft mehr. „Alles klar, wir bemühen uns, Okko rufe ich gleich an", erwiderte Lana Booken. Maria Rossi drehte sich auf dem Fuß um und polterte wieder an dem SEK Beamten vorbei, der ihr schon einmal im Weg stand. Diesmal machte der freiwillig einen Satz zur Seite. „Meine Güte, ist das eine Hexe!" Lennert war außer sich. „Linkes Ohr rein, rechtes Ohr raus, ‚löppt sück all torecht', sagte meine Mutter immer. Ich klingel mal bei Okko an." Lana klopfte Lennert auf die Schulter. „Bissel zärtlicher wäre auch nett", grinste Lennert Lana an. „Lennert, was haben wir noch mal verab-

redet?" Lana lachte ihm zu. „Ja, ich weiß, Lana, ich weiß, bin ja schon wieder lieb", lachte Lennert mit einem Augenzwinkern zurück.
Der Tatort wurde nun von der Spurensicherung untersucht. In dem VW Caddy fanden sie unter anderem Laumeiers Ausweis, somit war er identifiziert. In ca. 100 Metern davon entfernt wurden frische Reifenspuren gefunden, die vermutlich dem Täter zuzuordnen waren, da sie nicht zu Radkes oder Laumeiers Auto passten. Es wurden sofort Abdrücke genommen und ins Labor gegeben, um den Fahrzeugtyp zu ermitteln.
„Wieso ruft Rossi eigentlich nicht selbst bei Bruns an?" Lennert sah Lana Booken fragend an. „Weil der bei ihr nicht rangeht", lachte Lana. „Dann bezweifle ich, dass er sie nach Feierabend im Büro aufsucht", grinste Lennert zurück. Lana wählte die Nummer von Okko. Nachdem sie ihm kurz den Sachverhalt erklärt hatte wurde schnell klar, dass er nicht mehr ins Büro fahren würde. Sollte doch Rossi mal selbst Gas geben, hatte er zum Abschluss des Gesprächs gesagt. Lana legte auf und schaute Lennert fragend an. „Das wird wohl eine lange Nacht Lennert, denke wir sollten uns nun erst auf Radke konzentrieren. Die Mordfälle, der Einbruch bei Brunken, ich denke, das hängt alles zusammen. Die Altstadt scheint im Moment ein sehr unruhiges Pflaster zu sein", Lana schaute nun besorgt und hakte sich bei Lennert ein.

Die von Rossi eingeleitete Ringfahndung lief schon auf vollen Touren, als Lennert Jakobs und Lana Booken sich auf den Weg ins Dorf Holte begaben. Zeitgleich saß Okko Bruns zu Hause auf seiner Terrasse und genoss seinen geliebten Ostfriesentee. Sein Handy hatte nun schon viermal geklingelt, immer dieselbe Nummer. Insgeheim grinste er über Rossis Anrufversuche und damit auch ihre anscheinende Hilflosigkeit. Eigentlich hatte er Lana vorhin im Telefonat klar und deutlich gesagt, dass er nicht kommen würde. Dass Rossi nun selbst zum Handy griff, nahm Bruns erst mal mit Genugtuung hin. „Lass sie mal machen, sie ist ja die große Chefin", dachte er sich und goss sich die sechste Tasse Tee ein. Wieder klingelte das Telefon, diesmal war es Lana. „He Lana, hast du Rossi nicht gesagt, dass ich nicht kommen werde?" Okko schlürfte ein wenig in das Mikrofon. „Klar habe ich das, aber ich denke, die lässt nicht locker", gab Lana belustigt zurück. „Aber darum rufe ich nicht an. Wir haben gerade in Holte einen Zeugen gefunden, der ein weißes Auto auf dem Weg zur ehemaligen Volnesborch gesehen hat. Das Kennzeichen haben wir, weil es nicht von hier war und der Zeuge sich das gemerkt hatte. Er fand es komisch, dass ein auswärtiges Fahrzeug in den Weg eingebogen ist", brabbelte Lana. „Ja, un nu?" fragte Okko ungeduldig. „Na, wir haben es überprüft, aber das gibt es nicht, keine Anmeldung auf ein Fahrzeug mit dem Kennzeichen", klang Lana etwas ratlos. „Dann stimmt mit dem oder der etwas nicht. Versucht mal eine etwas bessere Fahrzeugbeschreibung zu bekommen, vielleicht erinnert sich ja jemand an das Modell", klang hoffnungsvoll Okko. „Negativ Okko, haben wir alles gemacht, es war weiß und eine Art SUV, das ist alles was wir bekommen haben. Der Zeuge hat sich auf das Nummernschild konzentriert", gab Lana zurück. „Okay, versucht noch mal neue Zeugen zu finden, wo einer ist, sind auch zwei." Okko kannte das aus langjähriger Erfahrung. „Machen wir, Okko, wird 'ne lange Nacht, der Radke ist ja auch noch flüchtig, irgendwie hängt das alles zusammen, na denn komm gut ins Bett, bis morgen." Lana legte auf. Lana Booken und Lennert Jakobs versuchten eine weitere Stunde verschiedene Anwohner zu befragen, aber dabei kam es zu keinen neuen Erkenntnissen. Sie machten sich auf den Weg nach Leer, um in der Ringfahndung nach Siefke Radke zu unterstützen. Als sie in Höhe der Ledabrücke fuhren, sahen sie eine Person, die ein Fahrrad in den seitlichen Graben schmiss, dann geduckt über die Straße lief, um im Schutz der Böschung zu verschwinden. Lana bremste den Wagen hart ab und fuhr an die Seite. „Lennert, das könnte Radke gewesen sein, rufe bitte die Rossi an, die soll uns einen Hubschrauber schicken, ich versuche ihn zu verfolgen." Lana sprang aus dem

Auto und rannte über die Straße. Sie konnte niemanden sehen, folgte dann aber Trittspuren im hohen Gras. Lennert orderte einen Hubschrauber, der dann auch kurze Zeit später über der Baustelle an der Ledabrücke zu sehen war. Seine Scheinwerfer erleuchteten den gesamten Baustellenbereich und das Gebiet rund um die Brücke. Lana war nun fast am Ufer des Flusses angekommen und ging dort in einem Busch in Deckung. Der Hubschrauber flog immer wieder über das gesamte Gebiet, mittlerweile war Lennert Lana gefolgt und ging auch den Spuren im hohen Gras nach. Die gesuchte Person musste hier irgendwo sein. Sie hatte keine Möglichkeit den Fluss zu überqueren, es sei denn, sie könnte ein Boot oder Ähnliches benutzen. Aber auch das würde der Hubschrauber sofort sehen. Lana ging in die Offensive. „Hier ist die Polizei, Herr Radke, wenn Sie mich hören können, kommen Sie hier zu mir!" rief sie laut und stand mit ihrer Taschenlampe auf, damit sie gesehen werden konnte. Im gleichen Moment verspürte sie einen Schlag ins Genick und brach zusammen. Das Letzte, was sie sah, war eine verschwommene Visage, die sie schon irgendwo mal gesehen hatte.

Neu denken

„Noch gerade mal gut gegangen, ich hätte um ein

Haar jemanden umgefahren", dachte er bei sich und bog mit seinem Ford C-Max auf den Parkplatz des kleinen Hauses in der Plytenbergstraße ein. Vorsorglich hatte er über das Netz eine Ferienwohnung gebucht. Es gab weder Nachfragen zu einer Kreditkarte, noch eine Verifizierung seiner Person. Bezahlt wurde über den Briefkasten an der Tür, so wurde es abgesprochen. An der Eingangstür hing ein kleiner Kasten mit einem Zahlenschloss, hier gab er den über Mail mitgeteilten Code ein und entnahm den Schlüssel. Im Haus angekommen, sprang er unter die Dusche und erfrischte sich erst mal. Als er seine Haare trocknete, klingelte sein Handy. „Ja, was ist?" fragte er kurz angebunden. „Haben Sie alles erledigt, ist unser gemeinsamer Freund dort, wo er ankommen sollte?" erklang es auf der anderen Seite der Verbindung. „Ja, Auftrag ausgeführt, der ist nun zu Hause. Leider war da noch jemand verwickelt, ich weiß nicht genau was und ob er was gesehen hat. Das kläre ich morgen, damit haben Sie nichts zu tun", beantwortete er die Frage kurz. „Das will ich Ihnen auch geraten haben, ich möchte keine Verbindungen zu uns, zu mir", gab die Stimme zurück. „Was ist mit meiner Kohle? Das, was der Laumeier gefordert hat und nun nicht mehr braucht, gehört auch mir. Sie sparen sich schließlich eine Menge Ärger!" forderte er ein. „Ärger haben wir genug am Hals, das Projekt ist

zum Stillstand gekommen und die Situation eskaliert. Mehr Ärger geht nicht, aber Sie bekommen Ihr Geld", versuchte die Stimme ihn zu beruhigen. „Das ist Ihr Problem, vergessen Sie nicht, ich weiß wo Ihr Zuhause ist. Kommt kein Geld, komme ich, aber nur einmal und Sie gehen zu Laumeier. Ich mach den Job lange genug und: ich bin sehr effektiv, eben kein Laumeier", sprach er mit drohender Stimme und legte einfach auf. Nach seinem ersten Bier begann er den vergangenen Tag zu rekapitulieren. Laumeier war hin, aber wer war der andere Typ, was wusste der und was wollten die beiden in der Pampa da?
Er setzte sich an sein Tablet und recherchierte nach dem kleinen Ort Holte. Als er „historisch" eingab, kam er irgendwann auf eine vermutlich zerstörte Burganlage, die Volnesborch. Er gab die Lage ein und kam prompt auf den Ort, an dem er Laumeier kaltgestellt hatte. Irgendwas musste dort sein, da sich die beiden dort getroffen hatten. Er musste noch etwas klären, noch eine Sache erledigen, dieser „Andere" musste weg. So schnell wie möglich. Er versuchte, sich in die Lage der beiden zu versetzen. Ihre „Mission" hatte er, ja er, abrupt beendet. Also würde der „Andere" mit Sicherheit noch mal wieder dort auftauchen. So beschloss Frank Potteham, so war sein Geburtsname, den Ort erneut aufzusuchen, ihn zu erkunden und auf den „Anderen" zu warten.

Potteham war sich sicher, er würde dort noch einmal auf ihn treffen. Zufrieden legte er sich aufs Bett und machte eine neue Pulle Bier auf, die er in drei Zügen leer trank. Nach dem ganzen Kopfkino vom Tag schlief er für seine Verhältnisse schnell ein. In seinen Träumen erschienen ihm in dieser Nacht zwölf Menschen, alles Menschen, denen er das Leben genommen hatte. Der letzte war Karl Laumeier, der ihm im Traum ein Bier anbot.

Anno 1409 auf der Volnesborch

Es war in den Mittagsstunden des zehnten August Anno 1409. Keno II. tom Brok stand in der „großen Halle" der Volnesborch und erwartete sein Urteil. Er hatte Unrecht getan, sein Namensvetter Keno zu Volnesborch aus Holte war in einem Zweikampf so schwer verletzt worden, dass er ein halbes Jahr bettlägerig gewesen war. Tom Brok hatte ihn versehentlich in einer familiären Fehde angegriffen, drei Rippen gebrochen und schwere Schnittverletzungen zugefügt. Eine der Schnittverletzungen hatte sich entzündet und Keno zu Volnesborch musste lange um sein Leben kämpfen. Nur eine alte friesische Schamanin konnte ihm mit einer Tinktur helfen. Der Herrgott war ihm dann gnädig gewesen, und er hatte überlebt. Seine junge Frau Etta und seine beiden Kinder Enno und Greta, mussten den Hof und die

Burganlage ein halbes Jahr ganz alleine bewirtschaften. Lediglich ein Knecht war aus Treue geblieben, Geld oder eine andere Art der Entlohnung hatte er nicht dafür bekommen. Nun wurden in dieser Zeit der friesischen Häuptlinge solche Dinge oft über ein Schiedsgericht geregelt. So war das auch am zehnten August auf der Volnesborch in der Nähe von Holte. Am hölzernen Beratungstisch in der „großen Halle" saßen Hisko von Emden, Enno Cirksena und Haro Idzerda sowie Vertreter der Städte Hamburg und Lüneburg sich gegenüber, die das Schiedsgericht leiteten. So war das häufig, um ein gerechtes Urteil durch neutrale Institutionen zu erwirken. „To wecke Urdeel sall wi nu koomen, mien Heern?" („Zu welchem Urteil sollen wir nun kommen, meine Herren?") fragten die drei ostfriesischen Häuptlinge in die Runde. Enno Cirksena stand auf und sagte: „Ik meen mit een Unze Gold un five Silber Mark is de Frevel betaalt." („Ich meine, mit einer Unze Gold und fünf Silber Mark ist der Frevel bezahlt.") Die anderen nickten ihm zu und die Sache war damit vom Tisch. Keno II. tom Brok wurde dazu verurteilt, das Gold und die fünf Silbermark bis zum 14. August 1409 auf der Volnesborch abzuliefern. „Keno II. tom Brok, nimmst du dat Urdeel an?" („Keno II. tom Brok, nimmst du das Urteil an?") fragte einer der städtischen Schiedsmänner aus Hamburg. „Ik nehm dat Urdeel an un betaal mien Frevel." („Ich nehme das Urteil an und bezahle meinen Frevel.“) Keno nickte und drehte sich um. Er ging auf den Hof, schwang sich auf sein Pferd und ritt wieder zurück in sein Brokmerland. Keno zu Volnesborch wurde in den Saal beordert und bekam den Urteilsspruch mitgeteilt. Er war nicht wirklich zufrieden, zu lange hatten er und seine Familie gelitten, aber er wusste auch, ein Schiedsspruch blieb ein Schiedsspruch. Dem gab es nichts hinzuzufügen. Zwei Wochen später begrub er Gold und Geld neben der Volnesborch in einem Gebüsch. Er zeichnete eine Karte mit der Lage des Schatzes und versteckte sie in seinem Bettkasten. Dort blieb sie lange Zeit liegen. Als er 1426 an der Seite von Fokko Ukena an der Deterner Schanze gegen Ocko II. tom Brok kämpfte, bekam Ukena die Karte als Dank dafür, dass er ihn gerettet hatte. Keno zu Volnesborch hatte die Schmerzen nie vergessen und geriet in einen Zweikampf mit Okko II. tom Brok, wobei er sich diesen auch sehnlichst gewünscht hatte. Aber er stolperte über einen Ast und kam zu Fall. Tom Brok wollte ihm gerade das Leben nehmen, als Ukena tom Brok von hinten zu Boden brachte und ihn dann in Gewahrsam nahm. Nun war der große Okko II. tom Brok ein Gefangener. Keno zu Volnesborch spuckte noch einmal vor ihm nieder und sagte leise: „Leever dood as Slaav!” („Lieber tot als Sklave!“) Er lachte dabei laut auf.

Nicht gefasst

Als Lana ihre Augen langsam wieder öffnete, sah sie nur schemenhafte Gestalten. Sie versuchte ihren Blick zu schärfen aber es gelang ihr nicht. Sie bekam Panik. Was war nur passiert? „He Lana, bist du wieder da?" Lennert streichelte ihre Hand und schaute sie besorgt an. Lana erkannte die vertraute Stimme und wurde augenblicklich ruhiger. „Ja, ist okay, ich sehe nur noch nicht alles, ist so verschwommen", sie versuchte erneut ihren Blick auf die Gestalten zu konzentrieren. Langsam gewöhnten sich ihre Augen nun wieder an die Lichter um sie herum. Sie erkannte immer mehr, neben ihr hockte Lennert Jakobs und hielt ihre Hand. Links von ihr stand ein Rettungswagen mit zwei Sanitätern und einem Notarzt, der gerade jemand anderen behandelte. Lana konnte aber nicht erkennen, um wen es sich dabei handelte. Aber es schien ein weiterer Beamter zu sein, der sich verletzt hatte, eine Uniform hatte er jedenfalls an. „Habt ihr ihn gestellt?" fragte Lana sofort. „Nein, noch nicht, wir sind dran, aber er scheint wie vom Erdboden verschwunden zu sein", antwortete Lennert. „Das kann er eigentlich nicht, er kann ohne Boot nicht auf die andere Seite", ärgerte sich Lana. „Na er kann geschwommen sein, wir suchen noch", beruhigte Lennert seine Kollegin. Lautes Motorengeräusch eines Hubschraubers sprengte nun Lanas Trommelfell und sie versuchte sich zu erinnern. Ja, sie hatte jemanden verfolgt, sie hatte nach ihm gerufen, dann war alles still geworden. „Kannst du aufstehen?" hörte sie Lennert fragen. „Ja, ich denke schon, warte mal eben, ich versuche es", Lana versuchte aufzustehen. Der erste Versuch ging in die Hose, der zweite war erfolgreich. Lana stand wieder auf ihren Füßen, hielt sich den Nacken und ging ein paar Schritte. Lennert stützte sie und beide erreichten den Streifenwagen nach kurzer Zeit. „Ich bring dich nun erst mal nach Hause und du ruhst dich aus", Lennert streichelte zart über die Wange. „Lennert, es geht mir wieder gut, lieb, dass du mich so umsorgst aber es ist nicht nötig" Lana klang ein wenig verärgert. „Schon gut, ich weiß. Verstehe gar nicht, dass du immer so krass reagierst, ich meine das doch nur gut", entgegnete Lennert. „Ich weiß Lennert, sorry", entschuldigte sich Lana nun doch sehr zugewandt. „Irgendetwas fehlt hier noch mächtig im Puzzle der ganzen Geschichte", dachte Lennert laut im Auto nach. „Ja, stimmt Lennert, ich verstehe es auch nicht wirklich", machte auch Lana sich Gedanken. Sie beschlossen am nächsten Morgen noch mal alles zusammenzufassen. Als die beiden Beamten vor Lanas Wohnung angekommen waren, stieg Lennert aus und öffnete Lana die Autotür. „He, vorbildlich, Lennert, das mag ich, so kenne ich dich ja gar nicht!" lachte Lana. „Du kennst vieles nicht von mir, Lana, aber du möchtest es ja auch nicht", entgegnete Lennert etwas melancholisch. „He, nu mach mal nicht einen auf ‚Schmollen', komm mit zu mir hoch, wir köpfen noch eine Flasche Wein auf den Schreck", munterte Lana Lennert nun auf und hakte ihn unter. Die beiden setzten sich auf die Terrasse und Lana holte eine gute Flasche Wein. „Weißt du, nach so einem ätzenden Tag tut ein kleines Schlückchen echt gut", Lana prostete Lennert zu. Lennert lächelte und genoss dabei die Nähe zu Lana. Es blieb nicht bei der einen Flasche, beide wurden zunehmend lockerer und es lag eine leicht knisternde, erotische Spannung in der Luft. Lennert hatte sich diese Situation schon so oft gewünscht. So oft hatte er sich eine Nacht mit Lana in seinen Gedanken vorgestellt. Nun durfte er es nicht versauen, bloß nicht zu schnell vorgehen. Er wartete auf den richtigen Moment, um einen zarten Hauch von Zärtlichkeit zu zeigen. Lana holte die dritte Flasche, lachte und genoss ebenso die lockere Stimmung zwischen ihnen.

Unterschlupf

Siefke Radke zog sich ans Ufer, er hatte die Leda fast ganz tauchend durchquert. Dabei hatte er einen großen alten Ast als Treibholz für seine Deckung genutzt, unter dem er sich hielt, dabei auf und abtauchte. Ihm tat alles weh, die Wunde, der Körper. Er hatte die Polizistin nicht schlagen wollen. Hoffte, dass sie nicht zu sehr verletzt war, aber es ging nicht anders. Er machte keine Verschnaufpause, stand sofort auf und rannte geduckt los. Der Hubschrauber flog zwar noch immer über der Ledabrücke, aber er wähnte sich in Sicherheit, weil die Scheinwerfer zur anderen Seite der Ledabrücke schienen. Kurz hinter dem großen Multi Markt auf der Eisenbahnbrücke wählte er den Abstieg direkt auf der Anhöhe. Dort war eine Treppe, die auch oft für Radarkontrollen genutzt wurde. Oft wechselnd stand ein mobiler Blitzer auf beiden Seiten der Brücke. Siefke rannte zu einer Unterführung, die in die Stadt führt, und nach nur einer Stunde kam er in der Altstadt an. Die Stadt war verhältnismäßig ruhig, wenige Passanten waren unterwegs. Jedes Mal, wenn ihm jemand entgegenkam, schlüpfte er in eine Hausecke oder Nische und wartete auf „reine Luft". Ihm war klar, wenn ihn jemand im jetzigen Zustand, nass und verletzt sehen würde, dann wäre er sofort dran. Er wusste aber, dass der Abriss des Hauses, bei dem alles angefangen hatte, aktuell gestoppt war. Er hielt dieses Gebäude nun erst mal für sicher und entschied sich, dort zu verweilen. Jedes Mal, wenn seine Firma eine neue Baustelle einrichtete, wurde ein Toilettenhaus aufgestellt und ein großer Erste-Hilfe-Kasten strategisch günstig montiert, denn die Verletzungsgefahr war selbst bei professionellen Handwerkern sehr groß. Radke konnte dort wenigstens seine Wunde versorgen, die sich mittlerweile entzündet hatte. Aber er hatte auch Hunger und Durst und er benötigte ein Netz für Nachrichten. Als er am alten Museumshafen auf ein junges Pärchen traf, das sich dort auf einer Bank küsste, bemerkte er sofort das Handy neben dem Pärchen. Er schlich sich leise an und entwendete blitzschnell Handy und Rucksack. Beide bemerkten nicht den Hauch einer Bewegung und er begab sich genauso leise wieder zurück. Vorbei am Restaurant „Zur Waage", dem Heimatmuseum und der Segelmacherei, beschleunigte er seinen Gang und kam wenig später ans Ziel. Er öffnete die Haustür und suchte die ehemalige Küche auf. Hier fiel er völlig erschöpft auf den Boden und schlief wenig später ein. Ohne Essen und Trinken war er so erschöpft, dass ihm das geklaute Handy aus der Hand fiel.

Ja oder nein

„Der Wecker, wie? Welcher Wecker und wo bin ich?" Lennert wachte erschrocken auf. Er konnte sich überhaupt nicht orientieren. Und wer lag da nackt in seinem Arm? Lennert schaute ganz vorsichtig nach links und sah auf einen wunderschönen Körper. Die langen dunklen Haare bedeckten Lana Bookens Brüste und flashten Lennert im gleichen Moment. Er war genauso splitternackt und die Bettdecke lag auf dem Boden.

Er versuchte sich zu erinnern. Lana und er hatten noch einen Schluck Wein genommen, naja, viele Schlucke Wein, und dann fehlte ihm jegliche Erinnerung. Jetzt reckte Lana sich lang und öffnete ihre wunderschönen Augen. Sie erschrak im gleichen Moment und setzte sich mit einem Ruck aufrecht ins Bett. „Lennert, was machst du hier, manno, was ist das für eine Scheiße?" Lana bekam Panik und schnappte nach der Bettdecke. Sie hüllte sich blitzartig in die Decke und schubste Lennert aus dem Bett. „He, nun mal langsam Lana, ich weiß doch auch nicht was passiert ist. Bin genauso erschrocken wie du, Mann, ich hab dich doch nicht ins Bett gezerrt", verteidigte sich Lennert. „Ach nee, denn war ich das wohl, die dich ins Bett gezerrt hat", spottete Lana zurück. „Ich denke ja auch den ganzen Tag mit dem ‚Schwa…'", fügte sie hinzu und fluchte leise vor sich hin. „Lana, das ist nicht fair, ich denke nicht mit dem ‚Schwa…', das habe ich noch nie gemacht. Du weißt das und bist jetzt echt ungerecht", in Lennert stieg so langsam die Wut auf. „Mannohmann, welch eine Scheiße!" Lana kam nicht wieder zu sich. Sie stand abrupt auf und flüchtete ins Bad. Lennert wollte noch etwas sagen aber Lana hörte nicht mehr zu. Er stand auf und zog sich hastig an. Lana kam nach einer Weile wieder ins Schlafzimmer, angezogen und die langen Haare zu einem Zopf gebunden. „Tut mir leid, Lennert, ich war so erschrocken", entschuldigte sich Lana zögerlich bei ihm und nahm das erste Mal in ihrer gemeinsamen Dienstzeit seine Hand. „Angenommen, ist ja gut. Mann, du kannst ja eine richtige Furie sein, dachte, du frisst mich auf!" Lennert zog die Hand langsam wieder weg. „Nee, natürlich nicht, war nur die erste Reaktion auf den Schreck. Aber du, Lennert, ich muss dich jetzt mal was fragen: haben wir heute Nacht oder haben wir nicht?" Lana schaute ihn mit ihren unschuldigen Augen an. „Ich weiß es nicht Lana, ich weiß es echt nicht. Wenn wir die Indizien heute Morgen zusammenfassen, spricht alles dafür. Warum sonst nackt und warum so eng umschlungen? Mein Verstand sagt aber klar ‚nein', ich würde mich an diese Art von Zärtlichkeit erinnern", Lennert sah Lana nun sehr sanft in ihre Augen. „Gut, sehe ich genauso, dann tun wir so, als wäre das Ganze nicht passiert und wir hätten uns gestern Nacht noch verabschiedet", entschied Lana. „Nun, wenn du das kannst, kann ich das auch", stimmte Lennert zu. Mit einem Handschlag, wie auf dem Viehmarkt in Ostfriesland, besiegelten die beiden Beamten ihre Vereinbarung. Lana zog sich die Uniform an und beide fuhren gemeinsam, zügig, ohne Worte zum Büro, um noch mal alles bezüglich ihres Falls zusammenzufassen. Lana mied die Nähe zu Lennert und Lennert zu Lana. Beide verhielten sich distanziert. Eines stand aber für beide fest:

Zwischen ihnen würde es nie wieder so unbeschwert werden wie vor dieser Nacht. Lana war ständig abwesend und dachte nun immer an Lennerts Körpergeruch, den sie sehr wohl wahrgenommen hatte, nackt im Bett, als sie engumschlungen aufgewacht waren. Sie hatte nicht damit gerechnet nun so aus der Bahn geworfen zu werden. Ständig dachte sie daran. Sie hatte ihn umgangssprachlich noch „in der Nase”. Und sie musste sich eingestehen, dass dieser Geruch sie sehr anzog, sehr sogar. Auch Lennert war den ganzen Morgen neben sich und versuchte, sich an die Nacht zu erinnern. Was ihm im Kopf geblieben war, war der unendlich anziehende Duft und ihr wunderschöner Körper mit diesen unbeschreiblichen Augen.

„Okay, was haben wir nun bis dato”? Lana versuchte Struktur ins Geschehen zu bekommen.

„Wir haben einen Toten in Jimmy‘s Altstadt Café, Jento Brunken, er wurde vergiftet. Wir haben einen Einbruch bei Brunken und wir haben einen weiteren Toten in Holte, Karl Laumeier, der sich mit einem Kollegen von Brunken dort getroffen hat, Siefke Radke. Auf den wurde ebenfalls von einem Unbekannten geschossen und er konnte vom Tatort fliehen. Der Mörder von Laumeier konnte ebenfalls entkommen, vermutlich in einem weißen SUV, und wurde bisher nicht identifiziert“, antwortete Lennert und malte die Verbindungen an die große Tafel. „Gut, das passt schon mal. Wir haben darüber hinaus ein abbruchreifes Haus, bei dem die Arbeiten gestoppt wurden, und wo alle drei Arbeitskollegen vor Ort waren. Dann gibt es noch einen Unternehmer aus Niedersachsen, der diese Fläche bebauen will", ergänzte Lana und malte auch diese Verbindungen an die Tafel. Okko kam ins Büro. „Guten Morgen, was ist mit Tee, Lana, ich kann sonst nicht denken. Ihr hattet gestern ja einen aufregenden Tag!" begrüßte er die beiden Beamten. „In der Tat, langweilig war es nicht, zog sich bis zum Morgengrauen hin", antwortete Lennert und schaute dabei Lana lächelnd an. Lana erwiderte das Lächeln bewusst nicht, konnte sich aber dem wohligen Gedanken an Lennerts Geruch nicht entziehen. „Hab ich irgendwas verpasst, was ich wissen sollte?" Okko bemerkte die Anspannung im Büro. „Nee, alles gut, steht schon alles an der Tafel, ich mache nun erst mal Tee", Lana zog es in die Küche. Okko sah auf die Tafel und prüfte die Verbindungen: „Was mir auf einen Blick auffällt ist, dass die Morde oder Tötungen nicht zusammenpassen. Schießen und Gift sehen nicht nach einem Mörder aus". „Da stimme ich dir zu Okko, das sind zwei völlig verschiedene Tötungsarten, die nicht zusammenpassen", nickte Lennert. „Ach, Herr Bruns erweist uns auch mal wieder die Ehre, das ist ja nett!" Maria Rossi stürmte ins Büro und nahm sogleich die Tafel ins Visier. „Moin, word hier seggt, vedamminemool, wat is dat doch ok een Teev", fluchte Okko auf Platt. „Ich habe Sie leider nicht verstanden. Wir sprechen hier Deutsch und nicht Ihr Kauderwelsch", gab Rossi erzürnt zurück. „Das ist kein Kauderwelsch, das ist Platt und auch als Amtssprache zugelassen. Manchmal ist es aber gut, nicht alles zu verstehen", gab Okko lächelnd zurück. „Wie auch immer, wie weit sind wir? Haben wir den weißen SUV? Den Radke? Was machen Sie überhaupt den ganzen Tag?" Rossi war wieder in Form. „Frau Rossi, es ist halb neun am Morgen, auch wir schlafen gelegentlich. Nein, wir haben weder das eine noch das andere, aber wir sind natürlich dran", Okko blieb gelassen. „Bruns, ja ich höre", das Telefon ging in diesem Moment und Okko war dankbar, dass Rossi den Raum wieder verließ. „Mein Name ist Günter Zingel und ich wohne in Leer. Gestern hat uns ein weißer Ford C-Max in Leer fast umgenietet, meine Frau und unser Hund mussten zurückweichen. Meine Frau hat ein Foto des Nummernschildes gemacht, ich habe heute Morgen im Netz die Fahndung nach dem Nummernschild gesehen und wusste sofort, dass es sich um diesen Typen handelt." Okko hörte aufmerksam zu und schlürfte gerade genüsslich seinen ersten Tee, den Lana ins Büro gebracht hatte. „Der Mann ist aber zurückgekommen, weil er gesehen hat, dass meine Frau das Nummernschild abgelichtet hatte. Er sprang aus dem Auto und forderte sofort, das Bild zu löschen und gab sich als Sonder-Beamter des BKA-Wiesbaden aus. Er zeigte unter der Jacke auf seine Pistole und unser Hund konnte sich gar nicht wieder beruhigen, er hatte gleich einen siebten Sinn dafür, dass mit dem Typ etwas nicht stimmte", erklärte Zingel weiter. „Wissen Sie, wohin er gefahren ist?" fragte Bruns. „Nein, er ist in die Plytenbergstraße eingebogen, mehr weiß ich nicht", gab Zingel zurück. „Kommen Sie bitte mit dem Handy Ihrer Frau eben auf das Revier, wir können die Dateien meistens wiederherstellen", bat Bruns den Anrufer. „Machen wir heute Nachmittag, wenn wir wieder aus Oldenburg zurück sind", bestätigte Zingel die Bitte. „Sie haben uns sehr geholfen, klasse, lieben Dank", bedankte sich Okko aufrichtig und legte auf. „So, ihr Lieben, ich denke, bald haben wir zumindest den Schützen, das gerade war eine Punktlandung." Okko rannte zur Tafel. „Lasst mal bitte alle Wohnungen in der Plytenbergstraße auf Ferien- oder Monteurswohnungen überprüfen, dann ziehen wir die Falle zu. Und bitte, nicht die Rossi informieren, die jagt uns in ihrem Übereifer alles durcheinander." Okko machte eine klare Ansage. „Alles klar, machen wir Okko, bleibt aber ja noch der Radke, die Fahndung hat noch nichts ergeben", wandte Lana ein. „Darum kümmere ich mich. Wir stellen ein Team aus vier Beamten zusammen, Überwachung seiner Wohnung und seines Arbeitsplatzes sowie weiterhin die Handy-Ortung. Der Mann muss essen und trinken und telefonieren, er ist verletzt", gab Okko zurück und goss sich seinen geliebten Tee ein. „Wisst ihr eigentlich, dass der Ostfriese seinen Tee normalerweise immer nach der gleichen Zeremonie trinkt?" Okko schaute Lana und Lennert fragend an. „Na klar, Kluntje, Tee und Sahne drauf, ganz einfach, Okko", lachte Lana. „Nee, sooo einfach ist das nicht. Ich als Teeexperte zeig euch das nun mal", Okko winkte die beiden zu sich. Er legte ihnen einen Zettel hin, darauf stand:

Das ostfriesische Tee-Rezept

1. *Wasser kochen*
2. *Kanne mit kochendem Wasser ausspülen*
3. *1 bis 2 Teeschepper losen Ostfriesentee in die Kanne geben*
4. *Kochendes Wasser aufgießen, aber nur zu ½ der Kanne*
5. *Sieben Minuten ziehen lassen (Stövchen)*
6. *Etwas kochendes Wasser nachgießen, noch eben ziehen lassen*
7. *Kluntje in die Teetasse*
8. *Tee einschenken*
9. *Sahne links rum in die Tasse geben um die Zeit ein bissel anzuhalten*
10. *Teeblume entfalten lassen*
11. *Tee ohne umzurühren trinken, Rest*

Kluntje mit dem Löffel zu sich nehmen

12. *Drei Tassen sind Ostfriesenrecht*
13. *Wer nicht mehr möchte, stellt den Löffel in die Tasse*

Gutes Genießen!

„Okko, du machst da ja eine Wissenschaft daraus", lachte Lana. „Ja, ja, Lana, dafür braucht man mindestens Abitur! Ostfriesentee muss man genießen, langsam und gemütlich, die Zeit bleibt einen Moment stehen und man ist ganz bei sich. Leider geht das hier ja nicht, weil alle gefühlten zehn Minuten die olle Schrapnelle hier auftaucht und uns das Leben schwer macht", gab Okko zurück und zwinkerte mit dem rechten Auge. „Lass sie das nicht hören, dann wirst du am Ende noch ins Emsland versetzt. Kein Ostfriesentee mehr, und wir dürfen dir folgen", lachte Lana und Lennert musste nun auch schmunzeln. „Wir können überall zusammenarbeiten Lana, wir haben es oft bewiesen. Und wenn die beiden Leeraner Kollegen Pommer und Jensen wieder dazukommen, sind wir ein Dream Team. Den Tee importieren wir da dann hin!" lachte Okko laut auf. Die beiden Polizisten setzten sich an den PC und kümmerten sich um die Belegung der Häuser in der Plytenbergstraße. Schnell hatten sie die in Frage kommenden Gebäude ermittelt. Das Problem dabei war nur die Menge der Wohnungen, es waren acht verschiedene Angebote im Netz. Wichtig war es nun, die aktuelle Belegung zu verifizieren. Daraus konnten die ersten Schlüsse gezogen werden. Maria Rossi rannte diesen Vormittag noch zweimal durchs Büro, schaute auf Okko Bruns Platz, aber ging auch so schnell wie sie gekommen war. Lana und Lennert verspürten ihre Nervosität. Eine komische Stimmung im Büro machte sich breit.

Einmal noch

Nachdem Siefke Radke abrupt durch das klingelnde Handy auf dem Boden aus dem Schlaf gerissen wurde, verspürte er großen Hunger. Zudem quälten ihn starke Schmerzen im Arm und in der Schulter. Er öffnete den gestohlenen Rucksack und fand zwei kleine Flaschen Wasser, eine Tüte Chips und drei Schokoriegel. „Gott sei Dank", dachte er bei sich und begann hastig zu frühstücken. Anschließend versorgte er seine Wunde mit einer entzündungshemmenden Salbe und einem sterilen Verband aus dem Erste-Hilfe-Kasten. Das gestohlene Handy klingelte erneut und Siefke ließ es gelassen klingeln. Er überlegte, wie er nun weitermachen sollte. Er wurde gesucht, stand mit Sicherheit schon im Netz. Er musste noch einmal zur Volnesborch, noch einmal alleine dorthin. Mit ein bissel Glück konnte er einen längst vergessenen Schatz heben, Jento Brunken hatte genau das geahnt. Er aß einen Schokoriegel und steckte sich die anderen beiden in die mittlerweile wieder mehr oder weniger trockene Jacke. Gute Freunde in den Niederlanden wollte er danach aufsuchen und sich dort erst mal verstecken. Er öffnete das Handy, bei dem zum Glück keine Sperre enthalten war und ging in die News. Lange brauchte er nicht, bis er auf die Vorfälle bei der Volnesborch, an der Ledabrücke und auf sich selbst als Verdächtigen kam. Mit Bild, leicht verzerrt, war er abgebildet. Das machte die ganze Geschichte natürlich schwieriger. Er raffte sich auf und verließ sein Versteck. Er brauchte nun Auto und Spaten. Auf dem Weg zum Hafen fuhr plötzlich ein Auto vor ihm halb auf den Bürgersteig. Eine Frau stieg hektisch aus, ließ den Motor laufen und ging mit schnellen Schritten über die Straße zu dem kleinen Kiosk. Radke nutzte die unerwartete Gelegenheit geistesgegenwärtig. Blitzschnell bestieg er den alten Audi A2 und preschte in Richtung Rathaus, dann links ab und weiter in Richtung Leerort. Er gab tüchtig Gas und kam innerhalb kurzer Zeit an der Jann-Berghaus-Brücke an. Dort tauschte er die Nummernschilder mit einem Pendler- Fahrzeug, das auf dem Parkplatz an der Brücke stand. Danach machte er sich auf den Weg in Richtung Holte. Diesmal nahm er die Strecke am Deich entlang, kurz hinter der Ledabrücke links rein und dann über Breinermoor und Backemoor. Zu dieser Zeit war noch kein Mensch unterwegs, lediglich ein parkender Trecker erwies sich als Hindernis. Radke brauchte nun einen Spaten. An der Strecke Richtung Collinghorst und Holte gab es viele Bauernhöfe, die meist von Hunden bewacht wurden. Kurz bevor er in Holte war, sah er einen verlassenen alten Bauernhof. Der Schuppen war schon eingefallen und auch das Haus selbst war mächtig verkommen. Aber es sah verlassen aus, soll heißen: dort standen noch ein alter Trecker und ein Anhänger, die wohl nicht abgeholt worden waren. Radke parkte den Audi A2 hinter dem verlassenen Hof in einer Einfahrt und stieg aus. Schnell erreichte er das Grundstück und hielt nach Schaufeln und Spaten Ausschau. In dem zusammengefallenen Schuppen wurde er fündig. Neben einem Spaten fand er eine Brechstange, eine Schaufel und einen Vorschlaghammer. Genau das, was er brauchte, um zu graben. Zügig verließ er das Grundstück wieder und verstaute die Geräte auf dem Rücksitz des Audi. Er fuhr rückwärts auf die Kopfsteinpflasterstraße und gab Gas. „Nur noch ein paar Kilometer von etwas Reichtum entfernt”, dachte er bei sich und freute sich innerlich auf die Volnesborch in Holte. Wenn man schon Geschichte schreibt, dann auch richtig, und natürlich mit etwas Gewinn. Kurze Zeit später erreichte er den Weg zur Volnesborch. Zu seinem Erstaunen stellte er fest, dass sein Polo noch dort stand, lag wohl an dem nun platten linken Hinterreifen, die Polizei schien es wohl nicht für ermittlungsrelevant gehalten zu haben, das Auto sofort abzuholen. Gut, dass er den Schlüssel dabei hatte, so konnte er noch mal wechseln. Er schraubte die Nummernschilder vom Audi an den Polo und vom Polo an den Audi. Die Flucht war somit gesichert, dachte er sich und machte sich auf zur Schatzsuche an der Volnesborch.

Unter Dampf

Hauptkommissar Okko Bruns ging mal wieder seiner Lieblingsbeschäftigung nach: Teetrinken. Die Füße auf dem Schreibtisch liegend, genoss er gerade sein heiß geliebtes Getränk. In Gedanken sah er sich am Wasser der schönen Altstadt Leer sitzen, die wohlverdiente Rente angetreten zu haben und einfach nur zu chillen. Die raue Stimme seiner Chefin, Maria Rossi, riss ihn aus seinen Träumen. „Herr Bruns, was muss ich da denn wieder sehen?" Rossi war außer sich, wie so oft. Bruns ließ die Füße auf dem Schreibtisch liegen und grinste Rossi an. „Frau Rossi, ich habe meine wohlverdiente Mittagspause, die Sie mir nicht nehmen können." Dabei blieb er wie immer sehr gelassen. „Naja, neben den vielen Toten und Vermissten haben wir in den letzten Stunden einen Autodiebstahl, einen Taschen- und Handydiebstahl und was weiß ich noch alles, gemeldet bekommen. Macht sich nicht wirklich gut, wenn der leitende Beamte der Kripo Leer dann die Füße auf dem Tisch hat", legte Rossi nach. Bei dieser Gelegenheit betrachtete Bruns seine Chefin mal wieder kurz als Frau. Sie war schon sehr attraktiv: Augen wie gemalt, eine tolle Figur und der Geruch. Schon sehr nett und angenehm. „Was gaffen Sie mich denn gerade so an?" Rossi blitzte mit ihren wunderschönen Augen. „Ich gaffe nicht, ich schaue. Und bilden Sie sich mal nichts drauf ein, das mache ich öfter. Reine Analyse und nur für mich, das ist ja nicht verboten", konterte Bruns geschickt. „Ist auch nicht wichtig im Moment. Bei mir steht das Telefon nicht still: Presse, Hannover, jeder will was von mir. Wir brauchen einen Fahndungserfolg, Herr Bruns, jetzt und sofort", Maria Rossi stampfte mit ihren Füssen auf den Boden. „Dann sollten Sie den Damen und Herren vermitteln, dass wir dran sind und nicht zaubern können. Ihre Aufgabe ist es, diesen öffentlichen Stress von Ihren Beamten fernzuhalten und sie nicht mit Ihrer hysterischen Art noch mehr unter Druck zu setzen", Bruns holte nun ganz tief aus. „Was bilden Sie sich eigentlich ein, Sie …?" Rossi kochte, wurde aber augenblicklich von Bruns unterbrochen: „Frau Rossi, ich habe Mittagspause, respektieren Sie das oder auch nicht. Also bitte, ich möchte wenigstens diese halbe Stunde meine Ruhe", Bruns drehte sich zum Fenster und schenkte sich demonstrativ eine weitere Tasse Tee ein. Maria Rossi wollte noch was sagen, hätte aber mit Okkos Rücken gesprochen. Bruns ignorierte ihre Anwesenheit einfach und glotzte aus dem Fenster auf den schönen Hafen. Sie stampfte noch mal mit ihrem rechten Fuß auf den Boden, drehte sich wieder um und ging raus. Irgendwas auf Italienisch entwich noch ihrem Mund, Bruns wusste nicht was es war aber es hörte sich nicht gut an.

Lennert und Lana hatten mittlerweile die Zimmersuche auf drei reduziert und suchten Okko am Schreibtisch auf. „Wir haben drei in Frage kommende Gebäude in der Plytenbergstraße ausfindig gemacht. Herr Zingel kommt ja heute Nachmittag und stellt uns die Dateien zur Verfügung. Wir wollen gleich eben in die Plytenbergstraße fahren und uns dort umschauen, Okko", Lana schaute ihn fragend an. „Macht das, aber keine Alleingänge, wir haben weder Durchsuchungsbeschlüsse noch einen bestätigten Verdacht auf eine dieser Wohnungen", drückte Okko sich klar aus. „Alles klar Chef, wir sind dann mal weg. Lass die Rossi in Ruhe, die hat sich schon auf dich eingeschossen, ich sage nur ‚Emsland', also bleib ruhig", lachte Lana Okko an.

Wegmachen

Der große Unbekannte, Frank Potteham, hatte trotz seiner Träume gut geschlafen. Er zündete sich gerade eine Zigarette an, als ihn eine innere Unruhe packte. Er musste seinen Fehler noch begleichen, dieser Typ, der sich mit Laumeier an der Volnesborch getroffen hatte, musste weg. Potteham war Perfektionist und es störte seinen inneren „Monk", dass der noch immer rumlief. Vorher wollte er ihn aber noch ausquetschen, was denn so interessant an dem Ort in Holte gewesen war. Man trifft sich ja nicht zufällig mitten in der Pampa und hält dort ein Pläuschchen. Er packte seine Sachen zusammen und verstaute alles im Kofferraum des Ford C-Max, überprüfte seine Pistole noch mal und stieg hastig ein. Auf dem Weg zur Blinke kam ihm ein Fahrzeug mit zwei Personen entgegen, das einem zivilen Polizeifahrzeug glich. Potteham bog auf die Umgebungsstraße, fuhr dann über die Spierkreuzung Richtung Folmhusen /Papenburg. Er wollte die geschützte Umgebung des Deiches nutzen, um möglichst schnell Richtung Holte zu kommen. Nach der Ledabrücke bog er somit gleich wieder links ein und machte sich so auf den Weg zum Ziel.

Schatzsuche

Siefke Radke stand auf dem Gelände der Volnesborch und schaute auf die Karte, die er Laumeier abgenommen hatte. Er ging die angegebenen Schritte ab, bog nach links an der zweiten Erhöhung ab und folgte nun wieder den Erklärungen auf der Karte. Insgesamt wurde er viermal in andere Richtungen geführt, bevor er wieder vor der zweiten Anhöhe stand und dort seinen ersten Spatenstich machte. Er grub schnell und tief, aber außer schwarzer Erde und ein paar Steinschuttstücke brachte er nichts an die Oberfläche. Wie tief war das wohl vergraben worden, wie lange hatte das hier nun schon versteckt gelegen? Und zudem war ja auch die Ostfriesische Landschaft schon mit ihren Archäologen vor Ort gewesen. Es hatte hier Ausgrabungen gegeben. Die Chance, hier noch was zu finden schwand mit jedem Spatenstich. Sein Arm und die Schulter meldeten sich wieder, die starken Schmerzen machten jeden Aushub zur Tortur. Siefke schwitzte und musste einen Moment verharren. Hätte er nun doch eine Paracetamol oder Ibuprofen bei sich. Er öffnete seine letzte Flasche Wasser aus dem Diebstahl und nahm einen kräftigen Zug. Ihm wurde schwindelig, und er war nicht in der Lage weiter zu graben. Er brauchte eine Pause. Er dachte noch mal über alles nach. Binnen weniger Tage war er von einem redlichen Bürger zum Kriminellen geworden, nie zuvor hatte er das Gesetz gebrochen. Es war ihm immer wichtig gewesen, ehrlich und gerade durchs Leben zu gehen. Aber Gier und Habsucht verändern den Charakter sehr schnell und verleiten zu unüberlegtem Handeln. Genau das war ihm nun widerfahren. Er nahm einen erneuten Schluck Wasser und kam so wieder zu Kräften. Wieder und wieder ging er die Schritte noch mal ab, um sicher zu sein, an der richtigen Stelle zu graben. Dann sah er einen Pfeil mit einer kleinen Acht darüber auf der Karte, er hatte ihn bisher übersehen. Noch einmal riss er sich zusammen und ging die Schritte ab, diesmal aber am Ende in Richtung des Pfeils auf der Karte mit acht Schritten. Sogleich begann er großflächig zu graben und verspürte weder Schmerz noch Erschöpfung. Nachdem er ein ca. Mann großes Loch gegraben hatte, stieß auf etwas Hartes. Sein Herz klopfte laut und er schien endlich am Ziel angekommen zu sein.

Hinterher

Lana Booken und Lennert Jakobs fuhren mit sachtem Tempo durch die Plytenberg Straße. Auf Höhe des Plytenbergs kam ihnen ein Fahrzeug entgegen. Ein weißer Ford C-Max. Der Fahrer schien die beiden entgegenkommenden Beamten bemerkt zu haben. Lennert schaute Lana intuitiv an und beide hatten denselben Gedanken. Sie hielten ihr Fahrzeug an und schauten in den Rückspiegel. „Das könnte doch der Wagen sein, den Herr Zingel uns gemeldet hatte", plusterte Lana aus. „Ja, absolut, hab ich auch gerade gedacht, lass uns schnell umdrehen und ihm folgen." Lennert drehte den Wagen rückwärts auf eine Auffahrt und nahm die Verfolgung auf. Der Ford C-Max gab nun etwas mehr Gas und bewegte sich zügig über die Umgebungsstraße an der Stadt vorbei, dann über die Leda Brücke und links ab am Deich entlang. Lennert und Lana folgten mit einem Sicherheitsabstand, sie gaben sich Mühe, nicht bemerkt zu werden. Da Lennert fuhr, informierte Lana die Dienststelle, gab das Kennzeichen des Ford C-Max zur Überprüfung durch und bat um eine mögliche Unterstützungsbereitschaft. Auf Höhe des Melkhuskes in Schatteburg ruckelte der Motor des Dienstwagens plötzlich. Lennert schaffte es noch gerade den Wagen auf den Parkplatz des Melkhuskes zu lenken, dann blieb er stehen. „Scheiße, Mann, so eine Scheiße!" Lennert war außer sich. „Nun beruhige dich mal wieder. Ich verständige Okko, er soll eine Streife schicken. Ich denke, der Typ fährt zur Volnesborch, wir lassen uns hier abholen", versuchte ihn Lana zu beruhigen. Sie rief in der Dienststelle an, erklärte den Sachverhalt und bat um eine Streife. Okko Bruns schickte sofort einen Ersatzwagen los, der Lana und Lennert abholen sollte. „Der ist hin", Lennert hatte die Motorhaube geöffnet und im gleichen Moment stieg dichter Qualm mit leichtem Brandgeruch auf. „Tja Lennert, Mann am Steuer, Ungeheuer", lachte Lana und stupste ihm zart in die Seite. Lennert schaute verwundert auf. „Wenn ich das nun gemacht hätte, wärst du schon wieder auf die Barrikaden gestiegen", entgegnete er leicht angenervt. „Wer weiß, vielleicht solltest du es mal drauf ankommen lassen", erwiderte Lana lachend und stupste ihn noch mal in die Seite. Lennert war sichtlich überrascht von Lanas Reaktion, ärgerte sich aber im Moment mehr über den Dienstwagen und ging nicht weiter auf Lanas Annäherung ein. „Wir müssen den Typen unbedingt überprüfen, ich glaube, der ist der Schlüssel zu allem", Lennert wurde wieder sachlich. „Ja, ich glaube auch, dass er da tief drinsitzt, aber wir müssen auf das Ersatzfahrzeug warten", beruhigte Lana ihren Partner erneut.

Presse

Maria Rossi schwang ihre Hüften beim Betreten der Pressestelle der Polizeidirektion Leer. Sie setzte sich neben Okko Bruns und lächelte ihn verkrampft an.
„Sehr geehrte Damen und Herren", begann sie mit einem gelassenen Ton. „Wir haben Sie heute hier zusammengerufen um den aktuellen Stand der

Ermittlungen bezüglich des gewaltsamen Todes von Jento Brunken zu informieren. Herr Brunken wurde am 7. August in der Altstadt nach dem Verzehr einer ostfriesischen Knüppeltorte vergiftet aufgefunden. Des Weiteren gab es in der Folgewoche einen Toten nach einer Schießerei an der Volnesborch in Holte, wir vermuten einen Zusammenhang zwischen beiden Vorfällen und stehen kurz vor der Aufklärung", Rossi plapperte ihr Statement in einem Zug runter. Bei „kurz vor der Aufklärung" schaute Okko Bruns sie giftig an, vermied aber einen Einwand. „Ernst Looden, Ostfriesen-Zeitung, gibt es denn schon einen Hintergrund der Taten oder ein Motiv?" „Nein, noch kein klares, aber wir sind dicht dran", erwiderte Rossi nun mit etwas genervter Stimmlage. Die Fragen der einzelnen Reporter konkretisierten sich auf Täter und mögliche Motive, dabei wurde Rossi zunehmend unsicherer und aggressiver in ihren Antworten. Bruns bemerkte die Unsicherheit und ergriff plötzlich das Wort. „Meine Damen und Herren, ich bin der leitende Beamte in Bezug auf diese Todesfälle und kann Ihnen sagen, dass wir tatsächlich kurz vor einem Durchbruch in den Ermittlungen sind. Bitte haben Sie Verständnis dafür, dass wir zum aktuellen Zeitpunkt keine weiteren Informationen preisgeben können. Gerade in diesem Moment sind unsere Fahnder unterwegs", beruhigte Bruns die nun doch sichtlich nervös gewordenen Reporter der umliegenden regionalen Zeitungen, und das Raunen in der Runde war nicht zu überhören. Rossi sah Bruns wütend an, ihr Unmut über seine nicht mit ihr abgestimmte Einmischung, war nicht zu übersehen. Ihr Dutt wackelte hin und her und Bruns grinste innerlich bei dem lustigen Anblick. Bruns stand auf und verließ den Presseraum, ohne auf die noch immer prasselnden Fragen aus der Runde zu antworten, Rossi folgte ihm mit schnellen Schritten. „Was bilden Sie sich eigentlich ein, Herr Bruns, Sie haben mich unaufgefordert unterbrochen und wie einen Deppen dastehen lassen!" Maria Rossi glühte vor Wut. „Frau Rossi, Sie wären zum Deppen geworden, wenn ich Sie nicht unterstützt hätte. Die netten Damen und Herren der Presse waren gerade dabei, Sie und unsere Ermittlungen in den Dreck zu ziehen und die ganze Direktion Leer wie eine Hobby-Detektei aussehen zu lassen. Ich weiß nicht, was Sie auf der Polizeischule gelernt haben und ob Sie beim Thema Stress-bewältigung geschlafen haben, aber eins weiß ich genau: Da draußen wären Sie heute auseinandergenommen worden, Sie können sich nun bei mir bedanken oder mich suspendieren, mir alles egal, ich habe zu tun", Bruns knallte Rossi die Bürotür vor der Nase zu. Rossi blieb sprachlos stehen und war kurz vor einer Explosion. Bruns bekam davon nichts mehr mit, er setzte sich erst mal einen schönen Tee auf und erwartete seine Suspendierung.

Göttingen

Die drei Schlipsträger saßen im hellen Büro eines fünfstöckigen Hauses zusammen und genossen ihren frisch aufgebrühten Kaffee. „Was ist nun mit der alten Butze in Leer?" begann der mittig am vorderen Ende des großen Konferenz-Tisches Sitzende die Unterhaltung.
„Die Ostfriesische Landschaft in Aurich hat einen Baustopp erwirkt, wir können im Moment nichts machen", entgegnete der links am Tisch sitzende, gerade ca. dreißig jährige, wohl Angestellte, Hans Rüttger, postwendend. „Haben wir die Lage im Griff dort? Unsere Investoren werden langsam nervös." fragte der erste weiter. „Wie gesagt, so wie es aussieht, können wir das Haus so aktuell nicht abreißen lassen, bevor die archäologischen Arbeiten dort abgeschlossen sind", ergänzte Rüttger genervt. „Das ist ärgerlich, sehr ärgerlich, wir könnten so ganz tief in die Scheiße greifen, zumal wir den gefundenen Schrott dort ja auch noch hier haben und ihn nun nicht loswerden können", entgegnete der rechts sitzende Lutz Wenner zustimmend. „Sie haben doch gesagt, ich soll das sofort abholen und hierherbringen lassen", verteidigte Rüttger sich sichtlich verärgert.

„Schluss jetzt!" Hanno Bohlen haute mit der Faust auf den Tisch. „Wir brauchen nun eine schnelle Strategie, um da wieder rauszukommen und eine schnelle Lösung für den Abriss", beschwor er seine beiden Angestellten. „Wir haben einen Mann vor Ort, der alle Spuren zu uns beseitigen soll. Laumeier hat das ja nicht geschissen bekommen, denke, er war zu alt dafür und wollte sich in Leer zur Ruhe setzen. Unser neuer Mann wird das schon machen dort, und das, was Sie als Schrott bezeichnen, ist ein historischer Schatz. Wenn jemand erfährt, dass der hier ist, haben wir ein Problem mehr. Ich habe einen perfekten Mann, Frank Potteham, dort hingeschickt, er wird die Probleme lösen", Rüttger lehnte sich zufrieden in seinen Sessel zurück. „Damit ist der Baustopp aber eben nicht aufgehoben, verdammte Scheiße", Bohlen wurde nun sichtlich sauer und haute abermals auf den Tisch. „Wir sind in Verhandlungen mit der Ostfriesischen Landschaft, Herr Bohlen, lassen Sie mich bitte machen", mischte sich Wenner nun in das Gespräch ein. „Wir versuchen eine Frau Hanssen, eine erfahrene Mitarbeiterin der Ostfriesischen Landschaft, auf unsere Gehaltsliste zu bekommen, wir sind ganz dicht dran", ergänzte Lutz Wenner beruhigend. „Ich möchte mit nichts von dem, was da gerade in Leer abgeht, in Verbindung gebracht werden. Ende der Woche erwarte ich von Ihnen eine Lösung der

Probleme Mitwisser und Baustopp, sonst können Sie Ihre Koffer packen", Bohlen haute ein drittes Mal auf den Tisch und stand auf. Er drehte sich noch mal um und schaute seine beiden Angestellten eindringlich an. „Und ich möchte die beschissenen friesischen Fundstücke loswerden, finden sie einen Käufer, irgendwo, mir völlig egal. Ich möchte keine Verbindung zu uns oder unserem Unternehmen. Sie kennen sich ja im Darknet aus, da finden Sie ja auch sonst Ihre Helfer", Bohlen ging zur Tür und knallte sie wütend hinter sich zu. Rüttger und Wenner schauten sich an und tranken hastig noch einen letzten Schluck Kaffee. Rüttger setzte sich an seinen PC und begann potentielle Käufer zu suchen, Wenner verließ das Büro und nahm erneut Kontakt zu Potteham auf.

Gefunden

Siefke Radke grub hastig um den harten Widerstand herum. Die Umrisse einer alten Kiste kamen ans Licht, und ihm schlug das Herz bis zum Hals. Er hob mit letzter Kraft und unter Schmerzen die Kiste aus der Erde und stellte sie in den Schatten eines Baumes. Die Kiste war klein, nicht schwer, das Loch, das er dafür gegraben hatte, war im Verhältnis zur Kiste riesig, und er hoffte, dass der Inhalt entsprechend den Anstrengungen nun Gutes hervorbringen würde. Die Kiste war verschlossen und Siefke schlug mit dem Spaten auf das alte Schloss. Nach drei Schlägen gab das Schloss nach, er öffnete hastig die alte Kiste und schaute fasziniert hinein. In einen alten Lumpen verpackt glänzten ein Goldstück und fünf Silbermünzen. Siefke Radke hatte es geschafft. Er, und nicht Jento Brunken, oder dieser Killer, nein, er alleine hatte diesen alten Friesen-Schatz gefunden. Er setzte sich erschöpft, mit nun noch stärkeren Schmerzen, die ihm aber nichts ausmachten, unter den Baum und bestaunte seinen Fund. Wie alt mochten diese Münzen und das Gold wohl sein? Und wie hoch würde der heutige Wert dieses einmaligen Schatzes wohl sein? Aber egal, nun erst mal ein paar Minuten genießen und sich einfach freuen. Alles war vergessen, alle Anstrengungen, alle Leiden und Taten. Er, Siefke Radke, war fündig geworden, er war nun reich, sehr reich. Er bemerkte nicht, dass er auch heute nicht ganz alleine an der Volnesborch in Holte war. Er bemerkte auch nicht, dass er die ganze Zeit beobachtet wurde. Er war einfach nur glücklich über seinen Schatz, den Schatz an der alten Volnesborch im Holter Hammrich.

Volnesborch, die Zweite

Lana Booken und Lennert Jakobs warteten immer noch auf das Ersatzfahrzeug am Schatteburger

Melkhuske. Obwohl das Melkhuske heute nicht geöffnet war, hatten die beiden dort einen Kaffee bekommen, um die Wartezeit ein bissel zu verkürzen. Der Inhaber hatte die beiden an der Grünfläche mit ihrem liegengebliebenen Fahrzeug gesehen und ihnen gleich ein Getränk angeboten. Die Gastfreundschaft hier gehört immer noch zu den herausragenden Eigenschaften der gesamten friesischen Region. „Rufst du noch mal an? Das dauert ja ewig", fragte Lana ungeduldig. „Nun mal halblang Lana, die kommen schon. Wir können eh nichts machen und die Vermutung, dass der C-Max zur Volnesborch gefahren ist, ist eben nur eine Vermutung. Siehst du, da kommt schon die Verstärkung", lachte Lennert und zeigte auf die ankommende Streife. „Moin, ihr braucht ein neues Auto?" ein freundlicher Streifenpolizist stieg aus dem Auto und schaute die beiden an. „Euer Auto wird heute noch abgeholt, ihr könnt diesen Wagen mitnehmen, ich bleibe hier und regle die Abholung", ergänzte er. „Super, danke schön, komm Lennert, auf geht's!" Lana bedankte sich noch für den Kaffee und sprang ins Auto. Lennert folgte ihr, und beide setzten ihre unterbrochene Fahrt nun fort. Auf dem Weg zur Volnesborch sprachen die beiden wenig. Sie dachten noch immer an „die eine Nacht". Keiner wollte das Thema noch mal von sich aus ansprechen, wenngleich beide auf eine Reaktion des anderen warteten. Sie kamen kurze

Zeit später an der Abzweigung zur Volnesborch an und ließen den Wagen versteckt, gute fünfhundert Meter davon hinter Bäumen stehen. Lana entschied sich zunächst für unauffälliges Beobachten und Sondieren der Lage. Sie bemerkten einen weißen Ford C-Max, der unweit der alten Burganlage hinter Bäumen geparkt war. Weiter hinten, dichter an der Burganlage, sahen sie den Audi A2 im Gebüsch stehen. Auch der Polo, der schon längst vom Abschleppdienst im Auftrag der Kripo geholt werden sollte, vegetierte dort noch vor sich hin. „Na, doch richtig gedacht, da braut sich was zusammen, wir müssen Verstärkung anfordern, ich habe keine Lust auf eine Schießerei", Lana schlich leise zum Fahrzeug zurück. Lennert blieb in Deckung, konnte aber auf die Entfernung nichts Genaues und auch keine Personen sehen. Lana kam zurück und ging neben Lennert in Deckung. „Verstärkung kommt, Okko ordert einen Hubschrauber zur Unterstützung", flüsterte Lana Lennert zu. „Wieso bist du denn so leise?" fragte Lennert leicht belustigt nach. „Wir wissen doch gar nicht, wo die sich aufhalten, vielleicht stehen die gerade hinter uns", entgegnete Lana nun aber etwas lauter. „Da haben Sie völlig richtig gedacht, liegen bleiben, den Kopf in den Dreck und nicht bewegen!" rief eine Stimme hinter ihnen. Lana und Lennert erschraken und Lennert wollte sich gerade umdrehen. „Kopf in den Sand, du Vollpfosten, oder möchtest du frühzeitig für immer schlafen gehen?" die Stimme wiederholte ihre Forderung. Lennert wagte es nicht mehr sich zu bewegen und bemerkte, dass ihm die Pistole entnommen wurde. Auch Lana spürte etwas an ihrer Hose nesteln. Binnen weniger Sekunden waren beide auf dem Rücken in ihren eigenen Handschellen gefesselt und unfähig sich zu bewegen. „Schön hier liegenbleiben, Maul halten und das Schauspiel genießen, dann geht ihr heute Abend unbeschadet ins Bettchen", die Stimme wurde nun etwas freundlicher. Laute Schritte entfernten sich und wurden immer leiser. Die beiden Beamten drückten immer noch die Nase in den Boden und wagten es nicht, aufzuschauen, was in ihrer Lage auch höchst unangenehm war. „Wer war das, konntest du noch etwas sehen?" flüsterte Lana. „Nein, ich wollte mich noch drehen, aber zu spät. Ich denke, es ist dieser Radke, er muss uns oder das Auto gesehen haben", stöhnte Lennert mit der Nase im Dreck. „Was machen wir jetzt, wir können doch nicht zusehen, wie sich da zwei Kontrahenten gegenseitig umbringen!" Lana war verzweifelt. „Na, ich habe keine Idee, Lana. Wie du bemerkt hast, sind wir beide wohl gerade nicht wirklich in der Lage, eingreifen zu können. Lass uns hoffen, dass die Verstärkung bald hier ist", Lennert wirkte genauso verzweifelt.

Du nicht

Siefke Radke hatte die Geräusche in der Nähe gehört. Sogleich war er in Deckung gegangen und hatte die kleine Kiste unter ein Gebüsch geschoben. Er sah jemanden mit vorgehaltener Pistole auf das Gelände zugehen. Dieser bewegte sich vorsichtig auf seine frische Grabung zu und schaute in das große ausgehobene Loch. In diesem Moment sprang Radke auf, rannte auf den Mann zu und schlug ihn mit dem Spaten auf den Kopf. Potteham taumelte und sah Radke direkt vor sich. Er wollte schießen, aber Radke schlug ihm in diesem Moment die Waffe mit dem Spaten aus der Hand. „Du nicht, Du nicht!" hörte er Radke noch brüllen, dann bekam er einen erneuten Schlag auf den Kopf und fiel rücklings neben der Grube auf den Boden. Radke holte ein letztes Mal aus, und Potteham erlag nach wenigen Sekunden seinen schweren Kopfverletzungen. Radke schubste Potteham in das Loch und schaufelte, was er konnte, die Grube wieder zu. Er spürte keine Schmerzen, er spürte keine Erschöpfung, er spürte nichts mehr. Blanker Hass stand in seinen Augen. Dieser Mann hatte ihn hier beim ersten unfreiwilligen Treffen umbringen wollen, es konnte nur er gewesen sein. Laumeier war dann hier gestorben, nun war es Potteham, der ihm folgte, aber eben nicht er, nicht Siefke Radke. Er sprang ein paar Mal auf die zugeschüttete Grube und bedeckte die

Stelle hastig mit etwas Laub. In diesem Moment hörte er ein bekanntes Geräusch, er hatte es schon einmal gehört, an der Ledabrücke in Leer. Es kam aus der Luft, er wusste sofort, dass ein Hubschrauber im Anflug war. Er schnappte die Kiste und rannte zu seinem A2. Dabei sah er den Ford C-Max nicht unweit von ihm versteckt stehen, aber auch den Ersatzwagen von Lana Booken und Lennert Jakobs. Geistesgegenwärtig rannte er auf den Dienstwagen zu, sah die beiden Beamten auf dem Bauch hinter einem Strauch liegen und stürmte auf sie zu. „Schlüssel, wo ist der Schlüssel?" verstellte Radke seine Stimme. „Der steckt. Mann, seien Sie doch vernünftig, Sie kommen hier nicht wieder raus, stellen Sie sich und wir können reden", antwortete Lana Booken fordernd aber freundlich. „Schnauze", brüllte Radke die beiden an und schwang sich mit der kleinen Kiste in den abgestellten Dienstwagen. Mit durchdrehenden Reifen setzte er rückwärts, dann wieder vor und fuhr Richtung Holte. Den Hubschrauber konnte er noch sehen aber das war ihm auch egal. Er musste jetzt sofort weg, sonst wäre alles umsonst gewesen. An der Ausfahrt in Holte wählte er den Weg Richtung Leer und brauste mit vollem Tempo durch die Dreißiger-Zone. Der Hubschrauber hatte gerade zur Landung angesetzt und es wurde augenblicklich still im Holter Hammrich.

Abbruch

„Moin Jimmy”, Okko Bruns begrüßte den Inhaber des Altstadt Cafés in Leer freundlich und setzte sich im Außenbereich gemütlich auf einen Stuhl. „Moin Okko, wie geht‘s, wie steht‘s, habt ihr die bösen Buben endlich festgesetzt?” lachte Jimmy ihn an. „Na, wir sind gerade dabei. Lana und Lennert sind mit Verstärkung unterwegs und ich glaube, heute Abend ist Schluss mit dem Spuk. Ich warte auf einen Anruf”, gab Okko Bruns ebenso lächelnd zurück. „Das ist gut, sehr gut, was kann ich dir Schönes bringen, mein Freund?” Jimmy kam mit einem Notizblock auf ihn zu. „Ich hätte gerne ein Kännchen Tee und ein Stück ostfriesische Knüppeltorte, wenn es geht, aber ohne Zusätze", grinste Bruns. „Gerne, gerne, Okko, heute ganz ohne Zusätze, versprochen", zwinkerte Jimmy ihn an und verschwand ins Café. Okko hatte sich eine Ostfriesen Zeitung gekauft und las gerade die Schlagzeilen:

„Abbruch Stopp aufgehoben.

Altes Haus in der Altstadt nun zum Abbruch freigegeben!“

Okko las den Artikel aufmerksam und wunderte sich über die schnelle Entscheidung zum Abbruch des denkmalgeschützten Hauses, das in den aktuellen Fällen rund um Jento Brunken verwickelt zu sein schien. Wer hatte das nun so schnell entschieden? Und überhaupt, warum war er als ermittelnder Beamter nicht informiert worden. Seit dem Vorfall mit der Presse, hatte Maria Rossi kein Wort mehr mit ihm gewechselt. Machte sie nun einen Alleingang und besprach nichts mehr mit ihm? Er griff nach seinem Handy und wählte die Nummer von Rossi. „Rossi hier, worum geht es Herr Bruns, ich habe es eilig", hörte Okko die genervte Stimme von seiner Chefin. „Ich hätte gerne gewusst, ob Sie wissen, dass das alte Haus in der Altstadt nun doch zum Abbruch freigegeben ist? Es war doch von Frau Hanssen gestoppt worden, wenn ich mich da richtig erinnere, und außerdem ist es Bestandteil unserer Ermittlungen, oder?" fragte Okko barsch nach. „Ich muss Sie sicherlich nicht daran erinnern, wer hier das Sagen hat, Herr Bruns. Ich wurde gefragt, ob wir noch weitere Ermittlungen im und am Haus anstreben, und ich habe das verneint. Das Haus hat nichts mit unseren Fällen zu tun. Sehen Sie zu, dass Sie den Mörder von Jento Brunken und Laumeier stellen, schönen Feierabend!" Rossi legte auf. Okko Bruns schenkte sich auf den Schreck erst mal seine erste Tasse Tee ein und genoss einen Happen seiner ostfriesischen Knüppeltorte. Er hatte in seiner Dienstzeit ja schon eine Menge Arroganz erlebt, aber seine neue Chefin, Maria Rossi, setzte allem noch die Krone auf. Er schwebte in seinen Gedanken noch mal durch den Tag. Nachdem Günter Zingel am Nachmittag im Büro gewesen war und die Bilder des Ford C-Max gebracht hatte, stand nun fest, dass der Fahrer des Fahrzeugs Dreck am Stecken haben musste. Weder das Fahrzeug noch das Kennzeichen konnten einem rechtmäßigen Besitzer zugeordnet werden. Okkos beiden Beamten waren nun der Spur gefolgt und er hatte bis dato noch nichts von ihnen gehört. Minütlich rechnete er mit einem Anruf aber es kam nichts. Er überlegte, noch mal ins Büro zu gehen, um vor Ort zu sein, wenn Lana Booken und Lennert Jakobs zurückkamen. Am Ende entschied er sich aber für den Heimweg und grübelte über die schnelle Entscheidung zum Abbruch des alten Hauses, nach. Wer hat das nun am Ende so schnell entschieden? Er bezahlte seine Rechnung und begab sich auf den Heimweg zu seiner Hilde. Dann klingelte sein Telefon.

Befreit

Der Hubschrauber landete unmittelbar in der Nähe der beiden festgesetzten Beamten. Zwei Kollegen sprangen heraus und befreiten Lennert und Lana sofort. Minuten später waren zwei weitere Einsatzwagen aus Leer vor Ort. „Danke schön, ihr seid echt klasse", begrüßte Lana die Kollegen der Hubschrauberstaffel. „Keine Ursache, wir wollten ja nicht, dass ihr hier übernachtet", grinste der eine der beiden Piloten freundlich zurück. Lana und

Lennert sprangen auf und rannten zur alten Burganlage. Sie suchten ihre Dienstwaffen, konnten sie aber nicht finden. Ihr Peiniger hatte sie entweder mitgenommen oder entsorgt. Lana hoffte auf die zweite Version, so konnten sie wenigstens gefunden werden. Auf dem Rückweg von der Burganlage informierten die beiden, nach Dienstvorschrift, über den Verlust. Lana fühlte sich sehr unwohl bei dem Gedanken, nun mit einer verlorenen oder gestohlenen Dienstwaffe dazustehen. Das Problem dabei war der bürokratische Aufwand in so einem Fall. Auch Lennert fühlte sich unwohl. Beide schauten sich noch mal um aber die Dienstwaffen waren verschwunden. Der Audi A2 und der Ford C-Max standen noch immer dort, sowie der alte Polo. Lana sah eine große Blutlache in der Nähe einer frisch aufgewühlten Stelle. „Hierher, alle Mann hierher, bitte helft mir, ich glaube da ist jemand unter dem Laub!" rief Lana aufgeregt ihren Kollegen zu. Lennert und die Beamten stürmten herbei und gruben binnen weniger Minuten den toten Frank Potteham aus. Lana griff zum Telefon und wählte Okkos Nummer. „Hey Okko, wir sind in Holte, ich glaube wir haben den Fahrer des Ford C-MAX gefunden. Er ist tot und wurde hier in einer Grube begraben", berichtete Lana aufgeregt. Okko hörte sich die ganze Geschichte an und verstummte für einen Moment. „Sag mal Lana, dann ist Radke aber ja immer noch flüchtig, oder?"

überlegte Okko. „Ja, wenn er es war, und davon gehen wir aus, ist er auch der Mörder dieses Potteham. Er scheint ihn erschlagen zu haben”, antwortete Lana. „Aber was wollten die beiden dort, was zum Kuckuck ist so spannend an der alten Burganlage, die heute fast niemand mehr kennt?” hakte Okko nach. „Ich weiß es nicht, ich habe keine Ahnung. Das ist das zweite Mal in wenigen Tagen, dass hier jemand umgebracht wurde, ich hab echt keine Ahnung, Okko”, Lana klang nun wieder etwas verzweifelt. Da in der Zwischenzeit weitere Ermittler zum Einsatzort kamen um die Kollegen der Spurensicherung vor Ort zu unterstützen, gab es für Lana und Lennert im Moment nichts weiter zu tun, als die Ergebnisse abzuwarten. Daher riet Okko den beiden: „Okay, wir machen für heute Schluss und treffen uns morgen früh im Büro, lasst die Spurensicherung alles vor Ort klären und dann seht zu das ihr nach Hause kommt, ich fürchte, morgen wird es ein langer Tag. Ich lasse die Ringfahndung heute noch mal erweitern, Radke ist mit unserem Fahrzeug unterwegs, das wird sein Verhängnis und morgen holen wir uns den Radke, morgen ist er fällig.“ „Alles klar, machen wir Okko, sobald hier alles geregelt ist, fahren wir nach Leer”, bestätigte Lana Okkos Anordnung. Eine Stunde später saßen Lana und Lennert gemeinsam mit zwei Kollegen in deren Passat und waren auf dem Weg nach Leer. Lana verspürte Lennerts Geruch nun umso mehr, er hatte tüchtig geschwitzt und sein Körpergeruch ließ Lana nun ein bissel träumen. Er war nicht unangenehm, im Gegenteil, er zog Lana buchstäblich an. Sie hatten gefesselt nebeneinander gelegen, ganz dicht zusammen, sie hatte keine Angst gehabt und nun hätte sie ihn am liebsten innig geküsst. Lana hatte noch nie so starke Gefühle für einen Mann empfunden, aber sagen, sagen konnte sie das nicht. Sie hatten ja Stillschweigen über die „eine Nacht" vereinbart und daran mussten sie sich nun auch halten. Was er wohl fühlte, was er wohl empfand, dachte sie, als die Stadt Leer in Sicht war. Nur der Gedanke an ihre Dienstwaffe trübte ihr Verlangen nach Lennerts Nähe gerade und das ärgerte sie mächtig. Aber ihre Sehnsucht nach ihm war am Ende stärker.

Flucht

Siefke Radke hatte es allen gezeigt, er war halt der Klügere, er hatte sich nicht unterkriegen lassen. Nun war er mit seinem Schatz auf der Flucht. Nachdem er das geklaute Dienstfahrzeug einfach abgestellt hatte, war ihm nun ein alter Opel Astra aufgefallen, der in einer Nebenstraße in Collinghorst, einem Dorf in der Gemeinde Rhauderfehn, gestanden hatte und beleuchtet war. Der Motor lief zwar nicht, aber die Schlüssel lagen auf dem Sitz und Radke konnte ihn so einfach an sich nehmen. „Glück muss man haben“, dachte er. War dann ja auch keiner da, der sich großartig beschwert hatte. So, wie es in dem Opel aussah, musste er einer jungen Frau gehören. Absolut aufgeräumt, wohltuend riechend und mit vielen kleinen hübschen Accessoires versehen. Aber wo sollte Radke nun hin? Wo könnte er Unterschlupf finden? Er überlegte und ging alle Möglichkeiten in Gedanken durch. Geistesgegenwärtig hatte er noch die Pistole von Potteham eingesteckt, man konnte ja nie wissen, wofür sie noch brauchbar war. Plötzlich hatte er einen Geistesblitz: Ukko Brahms. Wieso war er da nicht eher drauf gekommen? Ukko lebte ja auch alleine und hatte zudem noch ein kleines Wohnheim auf dem Campingplatz am Idasee in Idafehn. Als Versteck ideal und absolut unauffällig. Siefke musste ihn erreichen. Er wählte seine Nummer, aber es ging keiner ran. Er bog in eine Straße Richtung Ostrhauderfehn, Holterfehn ein. Wieder wählte er die Nummer und dieses Mal nahm Ukko sofort an. „Hey Ukko, du musst mir helfen”, begann Radke das Gespräch. „Segg mol, wor büst du denn de heele Tied, wat is blod los mit di, ik vesöök di siet Dagen to erreichen”, Ukko sprach auf Platt und war völlig außer sich, weil er ja schon mehrere Male versucht hatte, Radke zu erreichen. „Das ist ‘ne lange Geschichte, Ukko, kann ich dir jetzt nicht alles erzählen, aber ich brauche deine Hilfe. Ich stehe hier in Holterfehn und würde gerne ein paar Nächte in deinem Wohnheim übernachten. Kannst du mir das bitte ermöglichen?" bat Siefke Radke eindringlich. „Siefke, du wirst gesucht, seit gestern geistert dein Bild in den Medien. Ich mach mich doch nicht strafbar und überhaupt, ich konnte dich nicht erreichen. Weiß nicht, was mit dem Fund in dem alten Haus geworden ist, musste zur Polizei, wurde verhört wie ein Verbrecher, nenne mir einen guten Grund, dich zu verstecken", Ukko klang wütend und redete sich in Rage. „Ich werde dich fürstlich dafür entlohnen, das ist versprochen, mehr kann ich dir im Moment nicht sagen", entgegnete Radke verzweifelt. „Siefke, ich möchte in nichts reingezogen werden, ich helfe dir nur, weil du ein guter Kollege bist und ich natürlich auch Geld gebrauchen kann. Der Schlüssel des Wohnheims liegt unter einem Abfalleimer im Garten, hinter dem Häuschen. Wenn etwas mit dir geschieht, bist du dort eingebrochen und ich wusste von nichts. Wenn alles vorbei ist, bitte ich dich zur Kasse, ich bekomme zwanzigtausend Euro bar auf die Tatze", forderte Ukko, der so langsam den Sachverhalt begriff. „Versprochen Ukko, ich melde mich, ich danke dir von ganzem Herzen", Siefke atmete durch. „Und wenn du das nächste Mal nicht an dein Handy gehst, lass ich dich auffliegen, das verspreche ich dir!" rief Ukko noch nach aber Radke hatte schon aufgelegt. Ukko schoss ihm die Nachricht per SMS nach und bekam postwendend einen „Daumen hoch” zurück. Siefke bog wieder auf die Landstraße und fuhr Richtung Idafehn zum Idasee. Dort parkte er den Astra auf dem großen Parkplatz, um kein Aufsehen zu erregen. Er begab sich zu Fuß zum Wohnheim von Ukko Brahms und suchte den Schlüssel. Hinterm Haus wurde er fündig, wie abgesprochen. Schnell verzog er sich ins Wohnheim und schmiss sich lang aufs Sofa. Er atmete schwer, seine Verletzung machte ihn matt und er sorgte sich um die Heilung. Er dachte noch einen Moment nach, aber binnen weniger Minuten schlief er tief und fest ein.

Küss mich endlich

Lana Booken und Lennert Jakobs kamen völlig erschöpft in Leer an. Der Gedanke an ihre abhandengekommenen Dienstwaffen saß noch immer sehr tief. Was könnte nicht alles damit geschehen? Wenn sie nun in einem weiteren Fall zu einer Tatwaffe werden würden... Lana verwarf den Gedanken und wünschte sich, nur noch endlich zu Hause zu sein und Lennert in den Arm zu nehmen. Sie wusste nur noch nicht, wie sie das anbringen sollte. Die Kollegen setzten sie an Lanas Wohnung ab und wünschten beiden einen schönen Feierabend. Lana setzte sich auf den Bordstein vor ihrer

Wohnung und schaute in den Himmel. „Schau mal, Lennert, die ersten Sterne sind gerade zu sehen, wird schon wieder früh dunkel", schaute Lana nach oben. „Ich liebe die Sternbilder und die sommerliche Dämmerung", Lennert setzte sich neben sie und folgte ihrem Blick. Lana berührte Lennerts Hand und schaute ihn an. „Du, Lennert, du, ich hab mal eine Frage", drückte Lana nun die Hand von Lennert fester. „Lana, du quetscht gerade meine Hand in eine Kugelform, was ist los mit dir?" fragte Lennert sichtlich überrascht. „Ich möchte heute Abend nicht alleine sein. Ich möchte, dass du bei mir bleibst und dass du mich einfach in den Arm nimmst, kannst du bitte bleiben?" Lana schaute ihn mit ihren Rehaugen an. „Lana, was ist denn mit dir los, du hast mich doch sonst nie so angeschaut. Und wenn ich mal geschaut hab, wurde ich sofort von dir abgestraft", Lennert verstand nun nichts mehr. „Bitte bleibe bei mir heute, ich möchte bei dir im Arm einschlafen, du gehst mir seit gestern nicht mehr aus dem Kopf. Ich wünsche mir, du würdest ähnlich denken und fühlen", Lana drückte Lennerts Hand nun noch kräftiger. Lennert stand auf, schaute Lana lange an und zog sie zu sich hoch. „Lass uns zu dir hochgehen, ich nehme dich heute Nacht ganz fest in meine Arme und freue mich so sehr darauf, dich zu spüren", lächelte Lennert verliebt und nahm Lana in seinen Arm. Nachdem Lana die Wohnungstür aufgeschlossen hatte, zog sie Lennert zu sich. „Küss mich endlich, du Holzklotz! Ich weiß, morgen wird nichts mehr so sein, wie es vorher war, aber es ist mir egal. Heute Nacht möchte ich in deinen Armen einschlafen, aber erst nachdem du mich tief und innig geliebt hast. Ich sehne mich so sehr nach dir!" Lana knöpfte Lennerts Polizeijacke auf und zog ihn ins Schlafzimmer. Beide fielen erregt übereinander her, und es sollte die schönste Nacht werden, die beide je erlebt hatten. Als sie völlig erschöpft nackt nebeneinander lagen, nahmen sie sich in den Arm und schliefen eng umschlungen ein. Am nächsten Morgen wachte Lennert früh auf, er kniff sich in den Oberarm, nein, geträumt hatte er das nicht. Neben ihm lag die wunderschöne Frau, die er seit langem begehrte. Er schaute Lana lange an, irgendwann erwachte sie mit einem Lächeln und streichelte Lennerts Wange. „Guten Morgen, starker Mann, was ist mit Frühstück?" lächelte sie wie ein Engel. „Na, ich weiß ja noch nicht mal, wo deine Küche ist", entgegnete Lennert mit einem verschmitzten Augenzwinkern. „Linke Tür auf dem Flur, du wirst es schon finden. Ich hätte gerne alles, also Spiegelei, Toast und das volle Programm an Auflage. Findest du alles im Kühlschrank", Lana zeigte auf die Tür als ihr Handy klingelte. „Hallo Okko, ich habe ein bissel verschlafen, sorry, ich mache mich sofort fertig", antwortete Lana ohne zu fragen, was Okko eigentlich wollte. „Nee, nee, alles gut, ich wollte nur sagen, dass eure Dienstwaffen in Holte gefunden wurden. Komplett, ihr wisst, es hätte sonst einen riesigen Rattenschwanz gegeben", Okko klang sehr erleichtert. „Oh Mann, klasse, ich sage Lennert auch Bescheid", freute sich Lana. „Den versuche ich schon die ganze Zeit zu erreichen, der geht nicht ans Handy. Mag der Kuckuck wissen, wo der steckt", Okko schien ein wenig ungehalten zu sein. „Das weiß ich leider auch nicht aber ich versuche es gleich auch noch mal", schob Lana hastig nach. „Ach so, noch was, gestern Abend wurde ein roter Opel Astra als gestohlen gemeldet, nicht unweit von Holte. Könnte also mit dem aktuellen Fall zu tun haben, irgendwie muss der Radke sich ja aus dem Staub gemacht haben. Wir haben gleich eine Fahndung eingeleitet", Okko war wieder mal voller Tatendrang am frühen Morgen. „Alles klar, wir.....äh, ich komme gleich ins Büro, Okko", Lana spürte leichte Röte im Gesicht aufsteigen. „Wie, wir.... verstehe ich nicht. Ist der bunte Vogel etwa bei dir und geht nicht ans Handy? Ich schmeiß den raus!" Okko geriet nun so richtig in Fahrt. „Nein Okko, alles gut, ich habe mich versprochen. Kommt, weil wir gestern Abend so lange zusammen gearbeitet haben, und dann der ganze Stress in Holte mit dem Potteham", log Lana. „Ah, okay, dann bis gleich." Okko legte beruhigt aber etwas nachdenklich auf.

Fundort Idasee

Der rote Opel Astra stand über Nacht auf dem Parkplatz am Idasee. Eigentlich hätte das niemand bemerkt, ein sonst unauffälliges Auto an einem unauffälligen Platz. Irma Thomsen schlendere mit ihrem „Hasso", einem braunen Dackel, an diesem Morgen über den Parkplatz zum Idasee. Sie nutzte den wunderschönen Rundweg um den See für den täglichen Auslauf von Hasso.
Der Idasee, ein Juwel der Gemeinde Ostrhauderfehn, ist ganzjährig einer der gern besuchten Plätze von Touristen und auch von Einheimischen. Ganz besonders die Wasserskianlage ist ein Highlight der gesamten Region. Mit seinen fast dreißig Metern Tiefgang ist und bleibt der See auch ein Garant für sauberes Badewasser.
Irma setzte sich auf eine der zahlreichen Bänke und zappte durch die News bei Facebook. Ihr fiel ein Aufruf der Polizeidirektion Leer ins Auge, in dem nach einem gestohlenen roten Opel Astra gesucht wurde. Augenblicklich stand sie auf und rannte zum Parkplatz zurück. Sie hatte diesen Wagen, oder zumindest einen baugleichen, dort bei der Ankunft bemerkt. Zu dieser Zeit standen normalerweise noch nicht viele Fahrzeuge auf dem Platz und Irma hatte sich schon gewundert, so früh auf weitere Besucher zu stoßen. Sie machte schnell ein Foto von dem Fahrzeug und dem Kennzeichen und schickte es direkt an die WhatsApp-

Nummer der Leeraner Polizeibehörde. „So, Hasso, nun geht es wieder nach Hause", Irma ging mit schnellen Schritten am Fahrzeug vorbei und machte sich auf den Weg nach Hause. Unterwegs klingelte plötzlich ihr Handy. „Thomsen, Moin, wen habe ich da?" meldete sich Irma. „Moin, Bruns, mein Name, Sie haben gerade ein Foto an uns geschickt. Wo steht das Fahrzeug genau?" wollte er wissen. „Das Fahrzeug steht auf dem großen Parkplatz am Idasee. Er muss schon die ganze Nacht dort stehen, es war noch leichter Tau auf der Haube und an den Scheiben", Irma fühlte sich nun ein bisschen wie ein Detektiv. „Alles klar Frau Thomsen, lieben Dank für die Info, wir werden das sofort überprüfen. Halten Sie sich bitte nicht mehr am Fahrzeug auf, könnte sein, dass es in einen aktuellen Fall verwickelt ist, bitte gehen Sie nach Hause", Okko Bruns klang sehr ernst. „Ja, alles klar, ich wollte nun sowieso zurück, kleiner Verdauungsspaziergang mit dem Hund", lachte Irma Thomsen. „Okay, lieben Dank noch mal und auf Wiederhören", Okko Bruns legte auf. Irma Thomsen sah sich noch mal um, der Parkplatz war menschenleer. Mit einem komischen und unwohlen Gefühl ging sie mit schnellen Schritten nach Hause.

Einsatz Idasee

Lana und Lennert hatten Stillschweigen über ihre gemeinsame Nacht und ihre Zuneigung zueinander, gegenüber Kollegen und Polizeiinspektion vereinbart. So kamen sie auch getrennt im Büro an und wurden zunächst über eine zusätzliche Überprüfung von Ukko Brahms informiert, diese Maßnahme war zwischen Bruns und Rossi vereinbart und beantragt worden, weil beide auf Kontakte zwischen Radke und Brahms hofften, Radke stand unter Druck und musste handeln. Okko rannte gerade von einem Zimmer in das andere. Maria Rossi stampfte mit ihren hochhackigen Schuhen durch den Flur und ihr Dutt wackelte wie ein Hampelmann. „Was ist denn hier los?" Lana sah Okko Bruns verwundert an. „Wir haben gerade eine Meldung über den gestohlenen Opel Astra bekommen. Nach Abgleich des Kennzeichens steht der nun in Ostrhauderfehn, Ortsteil Idafehn, an einem Campingplatz", antwortete Okko knapp und rannte an den beiden vorbei. „Ja, aber woher wollen wir wissen, ob er von diesem Radke gestohlen wurde?" hakte Lana nach und lief hinter Okko her. „Ganz einfach, Ukko Brahms hat am Idasee einen Stellplatz mit Wohnheim, das haben wir heute Morgen abgeglichen und Brahms und Radke sind Arbeitskollegen. Brahms erhielt gestern Abend einen Anruf von einem Prepaid Handy, wir vermuten, dass es

Radke war", Okko rannte zum Schreibtisch und ließ sich mit dem SEK verbinden. „Holt eure Dienstwaffen und auf geht's", befahl er den beiden. Lana und Lennert holten ihre Dienstwaffen ab und begegneten ihrer Kriminalrätin Maria Rossi auf dem Flur. „Ach, guten Morgen, da sind ja die beiden Polizisten ohne Waffe, da haben Sie sich ja richtig klasse verhalten, vorbildlich, ich gratuliere, hoffentlich steht das nicht morgen in der Zeitung", lachte Rossi hämisch und wollte gerade weitergehen. „Frau Kriminalrätin, nur eine kurze Anmerkung: vielleicht hätten Sie ja lieber morgen in der Zeitung gelesen: ‚Zwei tote Polizisten an der Volnesborch'". Lana konnte sich das nicht verkneifen und schoss noch mal nach: „Wäre für Ihre Performance bestimmt hilfreicher gewesen." „Nun werden Sie mal nicht frech, sonst überlege ich mir noch weitere Schritte einzuleiten. Was das bedeutet, wissen Sie ja", ranzte Rossi zurück und schob Lana zur Seite. Lennert kochte vor Wut, wollte gerade auf Rossi einreden aber Lana hielt ihn zurück. Maria Rossi bemerkte Lennerts Emotionen nicht mehr, sie rannte in ihr Büro und knallte die Tür hinter sich zu. Als Lennert und Lana am Dienstwagen ankamen, stand die gesamte Mannschaft schon bereit. Das SEK, drei Streifenwagen und Okko Bruns machten sich nun auf den Weg nach Idafehn, um Siefke Radke festzunehmen.

Göttingen

Hanno Bohlen, Vorstandsvorsitzender der Elomadena-Holding, saß an seinem Schreibtisch und griff nach dem Telefon. „Holen Sie mir den Wenner ins Büro, jetzt und sofort, danke."
Bohlen hatte eine Bilderbuchkarriere in der Holding hingelegt. Er hatte als einfacher Sachbearbeiter für Immobilien angefangen und sich Jahr für Jahr weiter hochgearbeitet. Durch einen nicht ganz zufälligen Umstand wurde er im September 2023 zum Vorstandsvorsitzenden gewählt. Seine beiden engsten Mitarbeiter, Lutz Wenner und Hans Rüttger, waren hauptsächlich dafür da, ihm und somit der Holding, Unannehmlichkeiten vom Hals zu halten. Rüttger hatte seine Aufgabe mal wieder mit Bravour erledigt, Wenner hatte nach internen Infos kläglich versagt.
„Ja bitte", bat Bohlen Lutz Wenner herein. „Sie haben nach mir gerufen, hier bin ich." Lutz Wenner setzte sich auf die andere Seite des mächtig pompösen Eichenschreibtisches. „Herr Wenner, was ist mit Ihrem Mann in Leer, hat er alles erledigt? Kann man die Spur zu uns zurückverfolgen?" Bohlen klang ungeduldig und schlürfte an seinem Espresso. „Wir haben gestern den Kontakt zu ihm verloren und heute Morgen gehört, dass er gestern gegen Abend an einer alten Burganlage tot aufgefunden wurde", antwortete Wenner wahrheitsgemäß. „Was ist mit der alten Auf-

zeichnung, der kleinen Karte, die bei den Fundstücken angeblich dabei gewesen sein soll?" fragte Bohlen weiter. „Die, die konnte nicht mehr gefunden werden", beantwortete Wenner die Frage. „Fassen wir also zusammen: Ihr Mann hat seinen Auftrag nicht erledigt und wurde vermutlich getötet, ein möglicher Zusammenhang zu uns bleibt also bestehen, und der Hinweis auf historische Wertsachen, deren Fund einen erneuten Baustopp zur Folge haben könnten, ist auch nicht vom Tisch. Ist das so richtig formuliert?" Bohlen wurde laut. „Man kann es so formulieren, aber die alte Karte ist ja nicht wirklich ein Hinweis auf unseren Konzern oder eine Verbindung zu uns, Herr Bohlen. Unser Mann ist tot und somit gibt es keine Verbindung zu uns", Lutz Wenner wurde kleinlaut. „Bullshit, Sie Versager! Wenn jetzt noch aufgrund irgendeines Hinweises ein erneuter Baustopp verhängt wird und dadurch unser Vorhaben verhindert oder auch nur verzögert wird, kostet mich das Millionen!" Bohlen schlug wieder mit der Faust auf den Tisch. „Herr Bohlen, es weiß doch keiner von den Fundstücken oder von einer Karte, wir haben das doch auch nur zufällig erfahren", versuchte Wenner sich zu verteidigen. „Wenner, Sie hatten den Auftrag einen verlässlichen Mann in Leer zu akquirieren. Der erste hat kläglich versagt und wollte sich selbst die Taschen vollstopfen, der zweite ist gestern tot aufgefunden worden und Sie sitzen hier und schlürfen meinen teuren Kaffee!" wieder haute Bohlen mit der Faust auf den Tisch. „Aber ich habe doch gar keinen Kaffee hier bekommen", versuchte Wenner die Situation aufzulockern. „Herr Wenner, Sie sind mit sofortiger Wirkung entlassen, gefeuert oder rausgeschmissen, suchen Sie sich das richtige Wort dafür aus. Ich will Sie nicht mehr sehen, raus jetzt, und holen Sie sich Ihre Papiere!" schrie Bohlen nun. „Aber....", Wenner wollte noch etwas sagen aber er sah ein, dass er keine Chance mehr hatte. Er stand auf und ging wortlos auf den Flur, an der Sekretärin vorbei. Wut breitete sich in ihm aus, rasende Wut. Wie konnte man nur so mit ihm umgehen? Dieser Bohlen sollte sich noch wundern.

Wohin nur

Die Sonne schien schon recht kräftig, die Strahlen spiegelten sich im Wasser, und der Idasee zeigte sich an diesem Morgen in seiner ganzen natürlichen Schönheit. Auf dem Campingplatz tummelten sich allerdings schon viele Gäste. Es wurde gefrühstückt, Rasen gemäht, und einige Kinder spielten auf den Wegen oder auf dem Spielplatz.

Siefke Radke wurde an diesem Morgen von zwei Nachbarskindern geweckt, die mit mehreren strammen Schüssen einen Lederball an Radkes

Unterkunft schossen. Er erschrak erst mal, saß aufrecht im Bett, griff nach seiner Pistole unter dem Kopfkissen und dachte kurzzeitig, die Tür würde in diesem Moment von der Polizei aufgebrochen. Er sprang aus dem Bett und verspürte wieder die Schmerzen der Schussverletzung, die nun aber nicht mehr blutete. Geduckt am Fenster stehend, sah er die beiden Jungs mit dem Ball spielen und war nun erst mal beruhigt. Radke hatte nicht viel geschlafen, die Übergangslösung mit dem Wohnheim von Ukko Brahms war eben nur eine Übergangslösung. Er musste hier schnell wieder weg, den Opel Astra entsorgen und dann für eine ganze Weile untertauchen. Dann brauchte er noch einen Käufer für die Münzen und das Gold. Er brauchte so schnell wie möglich Bares, aber das würde nicht so einfach werden. Diese und andere Gedanken hatten ihn die ganze Nacht beschäftigt. Und am Ende konnte er es nicht fassen, von einem redlichen und arbeitsamen Bürger zum Mörder geworden zu sein. Das quälte ihn am meisten. Radke ging zum Kühlschrank und schaute erst mal nach etwas Essbarem. Bis auf etwas Konfitüre, Mineralwasser und zwei Flaschen Bier war der Kühlschrank leer. Im Klappfach über dem Kühlschrank entdeckte er Knäckebrot, ein komplettes Paket. „Wenigstens etwas", dachte er bei sich und verschlang das Knäckebrot mit der Erdbeerkonfitüre. Das kühle Bier dazu tat so richtig gut und entspannte Radke für einen Moment. Seine Sim-Karte vom Prepaid Handy hatte er abends noch entfernt und das Gerät ganz ausgestellt. So hoffte er keine Spuren zu legen, obwohl das Handy ja nirgends bekannt war. Aber er war zumindest vorsichtig. Radke roch sich selbst, er musste sich unbedingt waschen. Im Schrank fand er zwei Handtücher und auch Seife und Zahnpasta. Im Schränkchen fand er sogar frische Wäsche, mehrere leichte Sommerhosen und saubere T-Shirts. Sein Kollege und er hatten etwa die gleiche Konfektionsgröße, sodass sich Radke mit frischen Sachen auf den Weg zum Duschhaus machte. Das große Handtuch schwang er sich wie ein Kopftuch um. So fühlte er sich etwas sicherer. Vorbei an mehreren Wohnwagen und Wohnheimen. „Moin", wurde er mindestens viermal auf dem Weg zu den Sanitäranlagen angesprochen. Er grüßte mit einem freundlichen „Moin" zurück, um nicht unnötig aufzufallen. Ein „Moin" geht immer, das wusste er nur zu genau. Sein Hemd verdeckte die Wunde, und so erreichte er die Sanitäranlagen ohne aufzufallen. Als er die Eingangstür öffnete, kam ihm ein zirka sechzigjähriger Mann entgegen, Radke schaute ihm quasi direkt in die Augen. „Na, auch eben frisch machen? Moin erst mal", begrüßte der ihn. „Moin, ja, muss mal eben sein. Duschen am Morgen, vertreibt Kummer und Sorgen", hörte er sich leicht belustigt sagen. „Sagen Sie mal, kennen wir uns? Sie kommen mir so bekannt vor”, bohrte der Sechzigjährige noch mal nach. „Das kann schon sein, ich komme oft hierher”, log Radke und ging an ihm vorbei. „Ja, das wird es sein, wir sind eine kleine Familie”, lachte der Mann zurück.

Einsatz am Idasee

Lana Booken und Lennert Jakobs saßen am Steuer ihres Dienstwagens und bogen auf den Parkplatz des Idasees ein. Das SEK war, um nicht aufzufallen, zum kleinen Parkplatz an der Wasserskianlage gefahren, von dort konnten sie von der rechten Seite auf den Campingplatz zugehen. Lana und Lennert sprangen aus dem Fahrzeug. Ihnen fiel sofort der rote Opel Astra auf, der dort abgestellt war. Sie warteten an der Schranke zum Campingplatz auf Okko Bruns. Das SEK war mittlerweile ebenfalls dort eingetroffen. Okko, Lana und Lennert gingen, durch das SEK geschützt, in sicherem Abstand zum Wohnheim von Ukko Brahms. Die Beamten der anderen Streifenwagen sicherten Ein- und Ausgänge zum Platz. Als sie bei Brahms Wohnheim ankamen, sahen einige Camper das Geschehen. Die Beamten des SEK forderten sie per eindeutigen Handzeichen auf, sofort in ihre Wohnwagen oder Wohnheime zu gehen. Einer der Camper versuchte noch schnell sein Handy zu ziehen um ein paar

Aufnahmen zu machen, wurde aber sofort etwas unsanft von einem SEK Beamten in seinen Wohnwagen katapultiert. Zwei Beamte sicherten die Flanken von Brahms Domizil, ein anderer sicherte zwei weitere Beamte, die die Tür mit Gewalt öffneten. „Polizei, legen Sie sich auf den Boden und Hände auf den Rücken!" schrie einer der SEK Beamten. „Gesichert!" folgte nun kurz danach. Okko Bruns, Lana Booken und Lennert Jakobs betraten das Wohnheim, es war niemand dort. „Scheiße Mann, Scheiße, der ist ausgeflogen", fluchte Okko Bruns. „Das glaube ich nicht, da liegen die Autoschlüssel des Astra", erwiderte Lana. Lennert sprang zum Bett und wühlte das Bettzeug um. „Und eine Pistole hat er hier auch liegen lassen", zeigte Lennert die Waffe hoch. „Okay, dann müssen wir den Platz und den See absuchen, irgendwo muss er ja sein", entgegnete Bruns allen im Raum. Die vermummten SEK Beamten nickten und verließen das Wohnheim, Okko, Lana und Lennert folgten ihnen. Draußen angekommen, wurde die Lage neu besprochen. Das SEK sollte eine Hundestaffel anfordern und den gesamten Bereich um und am Idasee absuchen. Okko, Lana und Lennert wollten die anderen Camper befragen. In diesem Moment sahen sie einen Mann, der etwas Turban-Ähnliches auf dem Kopf trug, aus dem Sanitätshaus kommen, er war ungefähr einhundert

Meter von dem Wohnheim entfernt. Okko schaltete sofort: Der Mann hatte den ganzen Aufriss rund um die vermeintliche Festnahme noch gar nicht registriert. Okko gab den anderen ein Zeichen, schnell seitwärts vom Platz in Deckung zu gehen. Die anderen Beamten schalteten sofort und zogen sich hinter Büschen und einem Schuppen-Anbau zurück. Dort harrten sie angespannt aus um ihn direkt beim Wohnwagen zu stellen.

Göttingen

Lutz Wenner kam völlig zerstreut und seelisch am Ende zu Hause an. „Hallo Papa!" begrüßte ihn seine jüngste Tochter Sabrina im Flur. Wenner hob seine Tochter auf seinen Arm und ging ins Wohnzimmer. „Wo sind Mama und Tobias denn?" fragte er. „Mama ist eben zu Tante Emily, sie kommt gleich wieder, Tobias ist oben, soll ich ihn rufen?" antwortete Sabrina sichtlich erfreut, dass ihr Papa nun zu Hause war. „Ach so, dann ist ja gut. Nein, lass Toby ruhig oben spielen. Papa muss nun eben für eine halbe Stunde ins Büro, ich muss noch ein paar Dinge erledigen." „Ist gut Papa, ich störe dich auch nicht, versprochen, freue mich doch so, dass du wieder zu Hause bist. Spielen wir nachher noch Skyjo zusammen?" fragte seine Tochter nach. „Ja, klar, machen wir das, versprochen. Gehe bitte solange auch nach oben

und spiel mit Toby, ich komme nachher wieder dazu", lächelte Wenner seine Tochter an und drückte sie zärtlich an sich.
Lutz Wenner war bei der Elomadena Holding ebenso schnell die Karriereleiter emporgestiegen wie sein Chef Hanno Bohlen. Er hatte in den letzten Jahren jeden schmierigen Job gemacht, den Bohlen ihm aufgetragen hatte. Mehrmals hatte er Mordaufträge erteilt, Killer gekauft, Schmiergelder in Millionenhöhe an verschiedene Personen und Firmen verteilt. Karl Laumeier hatte sich als „Griff ins Klo" herausgestellt, mit Potteham dachte er dann endlich den richtigen Mann für die Aufgaben in Leer gefunden zu haben. Dass das dann auch schiefgelaufen war, hätte er niemals gedacht. Ihn, Lutz Wenner, der immer für die Holding dagewesen war, dann aber an die Luft zu setzen, wäre ihm nicht einmal im Traum eingefallen. So viel und so lange hatte er schon dort gedient. Und es war ja auch nicht sein Fehler gewesen. Risiken gab es immer bei diesen Geschäften, das wusste auch Hanno Bohlen. Wenner ging ganz gelassen in sein Home-Office-Büro und verschloss die Tür zum Flur. Er öffnete seinen Safe und entnahm verschiedene Dokumente und Ordner. Aus seiner Schreibtischschublade nahm er die Digitalkamera und machte Fotos von verschiedenen Dokumenten und auch von Bildern von Personen. Er öffnete sein E-Mail-Programm und begann eine Mail zu

schreiben. Anschließend fügte er ein Datenpaket als Anhang hinzu. Er drückte auf „senden" und lehnte sich erleichtert zurück. Die Unterlagen legte er sorgfältig in den Safe zurück und verschloss ihn. Auf ein leeres Blatt Papier schrieb er:
„Bitte verzeiht mir, ihr werdet es irgendwann verstehen. Ich liebe euch von ganzem Herzen! Safe Nummer: 31102017. Bitte alles der Polizei geben."
Als die Eingangstür von seiner Frau geöffnet wurde, stand er auf und holte eine Flasche Glengoyne, einen guten schottischen Single-Malt-Whisky aus der Vitrine. Er goss sich einen großzügigen Schluck ein und ging zum Fenster. Lutz Wenner schaute auf die Spielgeräte im Garten, die er noch selbst aufgestellt hatte und auf die Party-Hütte, die schon so oft benutzt worden war. Ja, er, Lutz Wenner, hatte ein tolles Leben geführt, er hatte es in vollen Zügen genossen und die beste Frau der Welt geheiratet. Seine beiden Kinder waren für ihn kleine Engel, und sie sollten nicht mit einem kriminellen Vater aufwachsen. Sie sollten irgendwann stolz auf ihn sein, dass er die Dinge wieder geradegerückt hatte. Irgendwann würden sie es verstehen, so wie auch seine geliebte, wunderschöne Frau. Lutz Wenner war sich nun sicher, dass seine Frau wieder zu Hause war. Er nahm seine Beretta aus der Schublade, setzte sich an seinen Schreibtisch und erschoss sich.

Aus, die Maus

„Wo sind nur all die anderen Camper?" dachte Siefke Radke und befand sich noch gute fünfzig Meter von Brahms Wohnheim entfernt, er schaute sich um. Auf dem Hinweg zu den Sanitäranlagen waren einige Camper doch schon mächtig aktiv gewesen, auch Kinder hatten schon gespielt. Nun herrschte gähnende Leere in der Gasse und Siefke Radke blieb sofort stehen. Er schaute auf das Wohnheim von Ukko Brahms, konnte aber nichts erkennen. Es war zu ruhig, zu still und Radke bewegte sich zwei Schritte zurück. Noch einen Schritt, aber es tat sich nichts. Sollte er sich getäuscht haben und zu ängstlich sein? Radke verwarf seine negativen Gedanken und ging zügig in Richtung seines Wohnheims, das er nicht aus dem Blick ließ. Als er dort ankam, fühlte er sich erleichtert, niemand da. Er wollte gerade die Tür öffnen, stellte aber fest, dass sie offen war. In diesem Moment wurde er von mehreren Händen zu Boden gerissen. Seine Hände wurden auf den Rücken verschränkt und in Handschellen gelegt. Seine Verletzung machte sich gerade nun bemerkbar, er schrie auf: „Mann, ist ja gut, ich bleib ja liegen, mein Arm, bitte mein Arm, bitte nicht so fest!" Siefke verzog schmerzerfüllt sein Gesicht. „Herr Radke, hiermit sind Sie vorläufig festgenommen unter dem dringenden Tatverdacht, Karl Laumeier und Frank Potteham getötet zu haben.

Außerdem verdächtigen wir Sie der Beihilfe zum Mord an Ihrem Arbeitskollegen Jento Brunken. Mein Name ist übrigens Okko Bruns und ich bin der leitende Beamte der Polizeidirektion Leer", hörte er Okko Bruns ohne Betonung sagen. „Abführen, gute Arbeit, danke schön euch allen", nickte Bruns seinen Kollegen zu. Radke wurde auf die Beine gestellt und zum Parkplatz gebracht. Dort wartete ein Transporter auf ihn. Lana streifte Lennerts Hand, Okko Bruns sah das und dachte sich seinen Teil, sagte aber nichts. „So, dann lasst uns mal nach Leer fahren, bin gespannt auf die Vernehmung von Radke", grinste Okko vor sich hin. „Sind wir dabei, Okko?" fragte Lana nach. „Wenn ihr beide Zeit dafür habt, natürlich", lachte Okko und schwang sich in sein Fahrzeug. Lana und Lennert schauten sich an und mussten auch ein wenig lachen. „Dem Okko Bruns entgeht nichts, Lana", zwinkerte Lennert ihr zu. „Auf geht's, nach Leer", Lana gab Lennert einen Klaps auf seinen Po. „He, das ist sexuelle Belästigung Lana, das darfst du nicht", lachte Lennert zurück. „Na, aber eine Belästigung, die du sehr gerne hast", grinste Lana und beide fuhren ebenfalls Richtung Leer.

Das Verhör

Okko Bruns stellte das Aufnahmegerät an und begann die Befragung: „Wir haben Donnerstag, den 8. August 2024, 14 Uhr 15. Zum Verhör ist Siefke Radke, 57 Jahre, wohnhaft in Leer, anwesend, der unter dringendem Tatverdacht steht, Karl Laumeier und Frank Potteham getötet zu haben. Weiterhin wird ihm die Mitwirkung am Mord von Jento Brunken vorgeworfen. Des Weiteren sind der Pflichtverteidiger Hannes Renken, die Polizeioberkommissare Lana Booken und Lennert Jakobs anwesend. Mein Name ist Okko Bruns und ich bin der leitende Beamte in diesem Fall. Herr Radke, wie kam es zum Tod von Karl Laumeier, möchten Sie dazu aussagen?" begann Okko Bruns. „Natürlich möchte ich aussagen, dem Laumeier habe nichts getan, er wollte sich mit mir an der alten Burganlage treffen. Er hat mich ein paarmal angerufen, am Ende habe ich zugesagt", antwortete Radke. „Wer hat ihn denn Ihrer Meinung nach umgebracht?" fragte Okko weiter. „Das weiß ich nicht, ich denke, der Typ, der mir auch eine Kugel in den Arm geschossen hat. Sie waren ja kurze Zeit später dort, ich kann ja nicht auch noch Ihren Job machen, oder?" Siefke wurde flapsig. „Nun werden Sie mal nicht frech, hier", ermahnte Okko ihn. „Sie müssen hier gar nichts sagen", betonte Rechtsanwalt Renken nochmal, er hatte das schon mehrfach angemerkt. „Ich will aber aussagen", entgegnete Siefke Radke kleinlaut. „Okay, dann lassen Sie sich mal nicht alles aus der Nase ziehen, denn man to", Okko verfiel ins Platt. „Also, ich fange mal ganz vorne an: Als wir auf der Baustelle am alten Abrisshaus die letzten Arbeiten verrichtet haben, fand Jento Brunken im Heizungsraum einen alten Schatz. Wir haben unsere Auftraggeber, die Elomadena Holding in Göttingen informiert, dass wir etwas gefunden haben, die haben das dann abgeholt und an die Ostfriesische Landschaft gegeben. Jento hat aber eine alte Karte bei sich behalten, die er nicht mit uns teilen wollte. Außerdem denke ich, hat er die Leute von der Holding erpresst. Wieso und womit, das weiß ich aber nicht. Ich habe Jento dann mehrmals nach der Karte gefragt, er hat das immer abgetan. Und als wir dann bei Jimmy‘s Altstadt Café gefeiert haben, wollte ich ihn ein bissel gefügig machen und hab etwas Morphin in sein Tortenstück gespritzt, ich kenne mich ein bissel damit aus, meine Eltern haben in Norden eine Apotheke und ich habe da mal gelernt. Ich wollte ihn nur aushorchen um eine Beteiligung am Fund zu bekommen. Dass er dabei sterben könnte, hätte ich nie gedacht." Okko und die anderen hörten aufmerksam zu und nun klang das Ganze auf einmal auch alles logisch. Das Morphin hatte Radke also aus der Apotheke seines Vaters in Norden geholt und falsch dosiert. Nach Brunkens Tod hatte ihn die Angst gepackt und er war schnell verschwunden. Jento Brunken wiederum hatte Lunte gerochen, dass die Gegenstände nicht an die Ostfriesische Landschaft

übergeben wurden und damit die Elomadena - Holding um viel Geld erpresst. Die wiederum hatten Laumeier geschickt um Brunken auszuschalten, der aber am Ende sein eigenes Süppchen kochen wollte. Daraufhin hatte die Elomadena-Holding einen neuen Mann geschickt, der dann Laumeier und die Mitwisser erledigen sollte. Das war Frank Potteham.
„Wie war das denn nun mit der Karte und dem Potteham", Okko Bruns wurde nun neugierig. „Ach ist jetzt eh egal, okay, ich sage alles aus." Radke begann zu schwitzen. „Nachdem ich dem toten Laumeier an der Volnesborch die Karte wieder abgenommen hatte, dann aber flüchten musste, habe ich erneut das alte Burggelände aufgesucht, um nach dem ‚Schatz' zu graben. Als ich den denn hatte, stand auf einmal dieser Typ vor mir und dem hab ich denn einen mit der Schaufel gegeben. Das war reine Notwehr, er hätte mich sonst erschossen. Bitte glauben Sie mir!" flehte Radke nun förmlich. „Na, mag sein, aber Sie haben laut Forensik nicht einmal, sondern mindestens dreimal zugeschlagen und ihn dann auch noch verbuddelt. Inwiefern da Notwehr im Spiel war, lassen wir die Gerichte klären", wies Bruns Radke barsch zurecht. „Aber was bitte war denn nun dort vergraben, Herr Radke, und wo ist das denn nun?" mischte sich nun Lana Booken ein. „Es waren wertvolle Münzen und Gold in einer kleinen Kiste, sie

liegt unter dem Wohnheim am Idasee, also unter den Bodenplatten im belüfteten Bereich an der linken Seite", gab Radke kleinlaut zu. „Okay, dann eins noch, Herr Radke: Wo sind denn nun die anderen Gegenstände aus dem Fund des abbruchreifen Hauses?" bohrte Okko nach. „Ich glaube, die sind nie in der Ostfriesischen Landschaft angekommen, die werden in Göttingen versteckt oder verkauft worden sein", begann Radke nun an zu weinen. „Gut, dann wollen wir es erst mal dabei belassen. Sie waren geständig und somit können wir die meisten Ungereimtheiten aufklären. Das Göttinger Thema schauen wir uns noch genauer an." Damit war Okko Bruns erst mal zufrieden. „Aber was wird dann nun mit mir, ich wollte das doch alles nicht, ich habe mein Leben lang gearbeitet und war redlich", weinte Siefke Radke nun bitterlich. „Herr Radke, das müssen die Gerichte entscheiden. Ob fahrlässige oder vorsätzliche Tötung von Jento Brunken, ob Notwehr oder vorsätzliche Tötung von Frank Potteham, Waffenbesitz, Widerstand gegen die Staatsgewalt, Unterschlagung von historischen Gütern und und und. Das gibt ein paar Jährchen, Ihnen hilft vor Gericht nur bedingungslose Mitarbeit bei der Aufklärung mit allen Details, egal was Ihr Anwalt sagt, denken Sie daran!" redete Okko Bruns eindringlich auf ihn ein und schaute dabei mit einem strengen Blick auf den Pflichtverteidiger. Der nickte zustimmend und ließ Siefke Radke die Vollmacht für den gerichtlichen Beistand unterschreiben. „Abführen”, Okko Bruns stand auf und begleitete die Beamten und den Pflichtverteidiger mit Radke an die Tür. Riesen Erleichterung stand ihm im Gesicht und er nickte Lana und Lennert dankbar zu. „Feierabend für heute, gut gewesen. Ich gehe dann mal zu Rossi, die wird es kaum erwarten können”, lachte Bruns und machte sich auf den Weg zu seiner Chefin.

Zugriff in Aurich und Göttingen

Lana Booken und Lennert Jakobs begaben sich zufrieden ins Büro. Ihr ständiger Blickkontakt fiel einigen Kollegen mittlerweile auf, es sagte keiner etwas aber es wurde heftig getuschelt. Lana kontrollierte gerade ihre Mails, als eine neue Nachricht bei ihr und gleichzeitig bei Lennert eintraf. Die Mail war vom Landeskriminalamt Hannover weitergeleitet worden. Lana überflog die Mail, stand auf und rannte zu Maria Rossis Büro. Ohne anzuklopfen trat sie ein. „Sagen Sie mal, wo haben Sie eigentlich Ihr Benehmen gelernt? Schon mal was von Anklopfen gehört, gab‘s das in Aurich nicht?” fuhr Maria Rossi hoch und schaute Lana Booken wütend an. „Sorry, aber wir haben gerade eine Mail bekommen, die die Göttinger Holding, das heißt die Geschäftsleitung, schwer belastet und ebenso eine Mitarbeiterin der Ostfriesischen Landschaft in

Aurich. Dachte, Sie sollten das wissen, bevor die Presse Wind davon bekommt", entschuldigte sich Lana bei Okko und Rossi. Rossi war auf einmal wie verwandelt, ihr Dutt schien kleine Freudensprünge zu machen. „Kommen Sie rein, das ist natürlich etwas ganz anderes. Gut, dass Sie sofort Bescheid gesagt haben. Ich schau mir die Mail gleich an, das wird ja ein ‚Fest' der Zugriffe und Festnahmen!" freute Rossi sich nun und grinste über beide Wangen. Lana berichtete über den gesamten Sachverhalt der Mail, Rossi und Okko Bruns hörten aufmerksam zu. „Danke schön, Frau Booken, wir wären dann soweit ja erst mal fertig hier. Herr Bruns, Frau Booken, ich muss mich nun um die Presse kümmern", Maria Rossi zeigte Bruns und Booken mit einer Handbewegung auf die Bürotür. Bruns nickte und verließ gemeinsam mit Lana Booken das Büro.

Binnen drei Stunden schnappten in Göttingen und Aurich die Handschellen zu. Hanno Bohlen und Hans Rüttger wurden wegen Anstiftung zum Mord, illegalem Besitz und Hehlerei historischer Güter und Anstiftung illegaler Vorteilsnahme sowie Anstiftung zum Betrug, festgenommen. Und Greta Hanssen von der Ostfriesischen Landschaft wurde verhaftet wegen ihres Deals mit Hanno Bohlen, den Abbruchstopp aufgehoben zu haben. Alle drei kamen sofort in Untersuchungshaft. Greta Hanssen wurde nachmittags gegen Auflagen wieder auf freien Fuß gesetzt. Ihre Anstellung bei der Ostfriesischen Landschaft wurde noch am selben Tag fristlos gekündigt. Die Lokalpresse bekam schon vor der offiziellen Mitteilung Wind von der Sache und lief bei Kriminalrätin Maria Rossi Sturm. Sie entschloss sich gegen Abend eine Pressekonferenz zu geben, um die Zusammenhänge der Tötungsdelikte in Leer und Holte bekannt zu geben, sowie über den Abbruchstopp inklusive der Beteiligung des Göttinger Unternehmens, aufzuklären.

Pressetermin in Leer

„Was für ein genialer Tag", Maria Rossi schaute in den Spiegel der Damentoilette im Polizeigebäude Leer und begutachtete ihr Make-up sowie ihren Dutt auf dem Kopf. „Na, dann mal los", machte sie sich Mut und schwang ihre Hüften gen Presseraum. Sie setzte sich neben Hauptkommissar Okko Bruns und genoss die aufgeregten und ungeduldigen Vertreter der Presse.

„Meine Damen und Herren", begann sie mit ihrer Mitteilung. „Der Polizeiinspektion Leer ist unter meiner Führung und brillanter strategischer Ausrichtung der gesamten Mannschaft, ein großer Fahndungserfolg gelungen: Der Mord in Leer an Jento Brunken aus Detern und die beiden Morde in Holte sind aufgeklärt. Wir konnten die verbrecherische Verbindungen einer Göttinger Holding mit zwei Auftragskillern nachweisen. Nicht zuletzt liegt uns auch ein historisch wertvoller Fund von Gegenständen ostfriesischer Geschichte aus dem 15. Jahrhundert vor, den wir Ihnen hier auf dem Tisch präsentieren. Ich bedanke mich natürlich bei meinen Kolleginnen und Kollegen, insbesondere bei Herrn Kriminalhauptkommissar Okko Bruns, für die unermüdliche Arbeit der letzten Woche. Sie sehen und hören, Kriminalität hat in Leer keine Chance, dafür steht mein Name”, Maria Rossi schwebte auf Wolken, und die Reporter der regionalen Zeitungen, sowie Radio Oostfreesland und Radio Noordsee umringten sie mit ihren Fragen. Inmitten des Tisches mit all den Fundstücken lag das mächtige Schwert des ostfriesischen Häuptlings Focko Ukena. Es war wieder „zu Hause” in Leer angekommen.

Okko Bruns, Lana Booken und Lennert Jakobs verließen den Presseraum zügig und machten sich auf den Weg zu Jimmy‘s Altstadt Café. Einfach abschalten, dachten sie, und das bei einem guten Tee und einem Stück original Ostfriesischer Knüppeltorte.

ENDE

Epilog

Lana Booken saß mit einem frisch aufgebrühten Tee auf ihrem Balkon und genoss die Mittagssonne. Drei Wochen nach den aufregenden Vorfällen in Leer und Holte war der polizeiliche Alltag wieder eingetreten. Ihre Chefin, Maria Rossi, hatte geglänzt. Okko Bruns, Lana und Lennert, sowie die unzähligen Kolleginnen und Kollegen der Polizeiinspektion Leer, waren nur beiläufig erwähnt worden, aber das war ihr egal. Ruhm, wem Ruhm gehört und am Ende demjenigen, der ihn unbedingt braucht. Lana brauchte ihn nicht, sie liebte ihre Arbeit und ….., sie hatte sich unsterblich in Lennert Jakobs verliebt. Manchmal telefonierten die beiden stundenlang, wenn sie sich nicht sehen konnten. Im Büro war das zwar mittlerweile auch Thema, aber weder von Lana noch von Lennert bestätigt oder bekannt gegeben worden. Damit wollten sie noch warten, so hatten es beide vereinbart. Lana schaute auf die Uhr, noch eine Stunde, dann war Lennert wieder bei ihr. Sie freute sich sehr, nur seit zwei Tagen war ihr ab und zu übel. Auch der Tee schmeckte nicht mehr so wie sonst. Lana hatte sich zur Sicherheit einen Schwangerschaftstest besorgt, sich aber noch nicht getraut, ihn anzuwenden. Gerade jetzt war ihr auch wieder unwohl. Sie dachte über all die Veränderungen während einer Schwangerschaft nach. Schwangersein zum jetzigen Zeitpunkt und dann auch noch ungewollt. Und überhaupt, was würde Lennert dazu sagen, wie würde er dazu stehen? Zudem wäre das dann das Ergebnis nach dieser „einen Nacht“, danach hatten beide immer verhütet. Und es wäre der Beweis dafür, dass in dieser Nacht doch etwas geschehen war. Ein Kind zu zeugen, nach einer völlig alkoholisierten Nacht, ohne etwas von den Zärtlichkeiten in Erinnerung zu behalten, das war nicht ihre Traumvorstellung von einer beginnenden Partnerschaft mit Folgen. Ihr Handy klingelte: „Hallo Schatz”, freute sich Lana und Lennert sagte Bescheid, dass er auf dem Weg zu ihr war. „Ich freue mich so sehr auf dich”, Lana konnte es kaum erwarten. Sie legte auf und ging nun zielstrebig zur Toilette. Im Spiegelschrank lag der Schwangerschaftstest. Sie öffnete die Verpackung und las die Gebrauchsanweisung. Sah alles ganz einfach aus, in drei Minuten würde sie es wissen. Sie folgte den Anweisungen und legte den benutzten Test auf die Ablage. In diesem Moment klingelte es an der Tür. Lana zog sich schnell an und rannte zur Tür. „He Schatz, da bist du ja!“ Lana zog Lennert an sich und küsste ihn innig. „Du, bitte sei mir nicht böse, aber ich muss eben ganz schnell zur Toilette“, Lennert schob sie sanft zur Seite und rannte zur Toilette. Lana wollte noch schnell etwas sagen aber Lennert war schon an ihr vorbei. Sie konnte ihn nicht aufhalten. Lennert betrat die Toilette und sah den Schwangerschaftstest auf der Ablage liegen, er schaute einmal, zweimal und noch ein drittes Mal. Lana folgte ihm und wollte gerade die Tür zur Toilette öffnen und hörte nur noch:

„LANAAAAA……!“

Liebe Leserinnen und Leser

Dies war der erste Fall, den Hauptkommissar Okko Bruns mit seinem Team in Leer gelöst hat. Einige der historischen Fakten und Anlagen sind real, ebenso wie die Adressen in und um Leer. Sie sind herzlich eingeladen, sich davon selbst ein Bild zu machen! Manche Fakten sind natürlich frei erfunden, geben der Geschichte aber mehr Spannung. Auch die „Ostfriesische Knüppeltorte" durfte in den Handlungen mitspielen, um damit eine alte Tradition der fürstlichen Häuser in Ostfriesland in Erinnerung zu rufen. Es existieren mehrere Rezepte, einige sind überliefert, andere sind Eigenkreationen. Vielleicht haben einige von Ihnen Lust, die Torte einfach einmal selbst zu backen und damit zur Verbreitung von Kulturgut aus der ostfriesischen Geschichte beizutragen, daher finden Sie hier mein Lieblingsrezept:

Die ostfriesische Knüppeltorte

Rezept

Für den Teig:

- zwei Tassen Sahne
- 3 Eier
- 4 Eigelb
- 470 Gramm Mehl
- 90 Gramm Zucker
- Butterschmalz für den Bratvorgang der Bällchen.

Für die Füllung:

- 700 Gramm Zucker
- ¼ Liter Wasser mit 50 Gramm braunen Kandis darin aufgelöst
- eine Vanilleschote
- eine gute Prise jeweils Zimt, Kardamom und gemahlene Nelken
- 210 Gramm Mandeln

- 50 Gramm Zitronat
- 50 Gramm Orangeat
- eine winzige Prise Salz
- zwei gut gefüllte Teetassen Rum

Für die Garnitur:
- 1 Glas Aprikosenkonfitüre
- 200 Gramm Mandelblättchen

Zubereitung:
Für den Teig machen wir aus Sahne, Eiern, Mehl und Zucker kleine Teigbällchen, ca. 2 cm dick, die vorher als Teig erst mal kräftig geknetet werden müssen. Dann einfach ausrollen und die Bällchen formen. Diese werden dann in reichlich Butterschmalz goldbraun gebacken, in der Pfanne oder im Topf. Die Bällchen gut abkühlen lassen.
Dann bringen wir die 700 Gramm Zucker und den Kandis im Wasser zum Kochen und rühren solange, bis sich eine fadenziehende Masse bildet. Alle anderen Zutaten für die Füllung, außer den Rum, dazugeben und kräftig rühren. Wir geben die abgekühlten Teigbällchen mit den zwei Tassen Rum in die Masse, lassen aufkochen und rühren kräftig weiter, damit nichts ansetzt.
Wir benötigen eine Springform für die Torte sowie einen Teller oder ein rundes Brotbrett, das in diese Form passt.
Die gesamte klebrige Masse kommt in die Springform, die wir vorher mit eingeöltem Backpapier ausgelegt haben. Ein Stück Papier kommt auf die Masse in der

Form. Wir legen einen Teller oder ein rundes Brotbrett auf die abgedeckte Masse und beschweren es mit einem guten Gewicht. Nach vierundzwanzig Stunden ist die Torte hart und kann aus der Springform genommen werden.
Wir streichen die Torte mit Aprikosenkonfitüre ein und garnieren sie mit den Mandelblättchen. Danach lassen wir die Torte noch eben ziehen, ca. zwei Stunden. Dann steht dem Verzehr nichts mehr im Weg. Sie kann in kleinen Portionen gegessen werden.
Gutes Gelingen und guten Appetit!

Danksagung

Ich bedanke mich hiermit nun ganz herzlich bei den folgenden Personen, die mich bei der Entstehung des Buches unterstützt haben:
Bei meiner Freundin Sabrina Nikolic für die unermüdliche Unterstützung und Geduld.
Bei Victor Stanley für die wundervollen Zeichnungen.
Bei Stefan Bents für die wundervollen Zeichnungen.
Bei Jimmy‘s Altstadt Café für all die Unterstützung zum Krimi, Freigabe aller originalen Umstände und den Räumlichkeiten.
Bei Ramona und Günter Zingel mit Sammy.
Bei Mareike Meyer mit Frieda.
Bei Sonja Oltmanns für die schönen Aufnahmen.
Bei Ferienwohnung Märchenhaus in der Altstadt Leer für die Freigabe der Location.

Euer Siefke (Siegfried) Klock

Bisher vom Autor im Verlag erschienene Bücher:

Die Upstalsboom Trilogie unter Mitwirkung der Facebook Gruppe „Wi sünd Oostfressen un dat mit Stolt”

1.Teil: Häuptlingstod am Upstalsboom
ISBN 9 783 751 982 894

2.Teil: Friesenschwur am Upstalsboom
ISBN 978 756 215 294

3.Teil: Heilige Linie Upstalsboom
ISBN 978 375 830 37 91

Wunnebaar Freesenland
(Gedichtband in Hoch- und Plattdeutsch)
ISBN 978 375 571 32 89
Und jetzt:

Altstadtkrimi Leer
Das Geheimnis der ostfriesischen Knüppeltorte
ISBN 978 376 930 18 85

Zum Autor

Siegfried Klock wurde in Idafehn, Gemeinde Ostrhauderfehn, im Landkreis Leer, geboren.

Aus seiner Liebe zur ostfriesischen Heimat und seinem Interesse an regionalen aktuellen und historischen Themen und Begebenheiten, entstand seine Leidenschaft fürs Schreiben und Dichten in hoch- und plattdeutscher Sprache. Damit gibt er den Lesern einerseits Einblicke in die aktuelle und historische Zeitgeschichte Ostfrieslands und erweckt andererseits die Neugier, die beschriebenen Schauplätze seiner Romane selbst zu entdecken. Mit dem vorliegenden Roman startet er seine neue Romanserie „Altstadtkrimi Leer“, beginnend mit einem Bezug zu einer ostfriesischen Spezialität, der Knüppeltorte. Interessierte können sich selbst ein Urteil darüber bilden und auf den Geschmack kommen, indem sie die Torte nach dem beigefügten Rezept nachbacken.